天星传说
狐作非为

无论一时失去，或者一时得到，其实都是一种轮回。
相视一眼，心生暖意。
无论困苦与荣光，我知道你一直都与我同在。

天星传说
孤作正为

同生共死，不离不弃。
这是他们从未说出口，却一直履行的承诺。

天星传说 孤作非为

"我希望总有一天我能改变自
己的命运，不再受制于任何人。"

新圣中学

天星传说

"原来不管是卑微还是高尚的生命，
都逃不过虚假、缺失和毁灭，
曾经和身边人一起经历的温暖、成长和爱，才是生
命存在最重要的意义。"

天星传说

狐作非为

若惜然 作品

全国百佳图书出版单位

时代出版传媒股份有限公司

安徽人民出版社

图书在版编目（CIP）数据

天星传说 / 刘莹（若惜然）著. -- 合肥 ： 安徽人民出版社，2015.9

（青春文学系列）
ISBN 978-7-212-08287-1

Ⅰ. ①天… Ⅱ. ①刘… Ⅲ. ①散文集－中国－当代
Ⅳ. ①I267

中国版本图书馆CIP数据核字(2015)第202898号

天星传说

刘莹（若惜然） 著

出 版 人：胡正义
责任编辑：张 旻 胡小薇
特邀编辑：廖 妍 吴 莲
责任印制：董 亮
装帧设计：张 晗 李雅静

出版发行：时代出版传媒股份有限公司 http://www.press-mart.com
安徽人民出版社 http://www.ahpeople.com
合肥市政务文化新区翡翠路1118号出版传媒广场八楼
邮编：230071
营销部电话：0551—63533258 0551—63533292（传真）
印 制：长沙鸿发印务实业有限公司
（如发现印装质量问题，影响阅读，请与印刷厂商联系调换）

开本：880×1230 1/32 印张：8 字数：208千字
版次：2015年10月第1版 2015年10月第1次印刷

标准书号： ISBN 978-7-212-08287-1 定价：26.80元

目录
contents

目录
contents

Chapter 01
血之契约者

"我也想做真实的自己，可是世界容不下我。"

——千面歌姬

一、临风镇的妖怪少年

"咔嚓！"

四月的清风中，装修奇特的店铺，古旧斑驳的石阶，穿着颇具民族风的人群，一片带着独特色彩的小镇风光被定格。

拿着数码相机的林亦天，是一个十六岁的男生。

他个子很高，穿着新圣中学的深蓝色春季校服，看起来干净而青春。一头简单的黑色短发下，脸庞白净清秀，黑色的眼珠灵活地转来转去，正寻找着拍照目标。

而在离小镇不远处，是一大片茂盛的树林，阳光照在树林的上方，闪现出奇异的金色光芒。

"班长大人，那边是什么地方啊？"

林亦天快步走到一个戴着眼镜的女生旁边。那女生穿戴整齐，背着一个装满各种资料和用具的大包。

"是临风镇的危险区。听说那片树林已经有很多年的历史了，可是近些年总是发生很诡异的事情，所以旅游局希望旅客们不要去那边。"班长左晓曼翻看着手中的地图资料给出了解答，然后狐疑地看着他，"你不会是想去那边吧？"

林亦天笑着打了个响指："班长大人真聪明！我想去那边拍几张照，很快就回来。"

左晓曼皱眉："不行，老师不是说了吗，最好不要去不安全的地方。"

"难得来旅游嘛，我只是去一会儿，有事我会给你打电话的！"

林亦天不顾左晓曼的劝阻，笑嘻嘻地转身就跑。一转身的时候，还差点儿撞上另一个女生，还好林亦天灵活地收势。

"哎呀，不好意思啊诗影，我赶时间，先闪了！"

"搞什么啊？赶去投胎啊！"于诗影皱了皱眉，伸出纤长的手指整理了一下长长的头发，极力让自己班花的形象保持完美。

旁边的任枫笑道："我说啊，你已经够美了，妖怪要投胎肯定第一个找你。"

于诗影瞪了他一眼："去你的，狗嘴里吐不出象牙！"

林亦天可没时间管他们，一心朝着他的目标出发。

他越靠近树林，人烟就越稀少，不仅看不见跟他一起出游的同学，连临风镇的本地人也消失了。

四周越来越寂静，他仿佛来到了原始森林。

这就是他想得到的效果，但……那个很诡异的事情是指什么呢？难道这片树林里闹鬼吗？

可是，这种事，要他一个大男生相信，也太荒唐了吧。

林亦天一边嘀咕着，一边抓紧相机用镜头捕捉周围的风景。古老而茂盛的树林，笼罩着大片阴影。树枝随风而动，充满自然又强大的生命力量。

越往树林里走，光线就越暗，神秘感与冒险感伴随而至。满足了林亦天的好奇心，他心情愉悦得几乎忘我。

突然，一道黑影飞快闪过，"啪嗒"一声，又消失无影。林亦天吓了一跳，差点儿把相机都扔掉了。

他傻站在那里，只看到树影晃动，心里陡然生出一丝恐惧。算了算了，自己好歹也是一个清秀少年，就算不怕鬼，也怕变态劫色不是？还是回去算了。

他一边自嘲壮胆，一边收拾相机准备撤了。

地上的落叶很厚，天色比来时似乎更暗了一些。林亦天拿出手机，照亮堆满厚厚积叶的地面，摸索着往来时的路返回。

突然，他在脚下的落叶堆里，看到了一本厚书。

这里怎么会有一本书？

不过，书这种东西，在任何时刻任何地点出现，都不会给人带来不安的感觉。

林亦天毫无防备，好奇地捡起那本厚书。

好漂亮的书啊，完全是精装版嘛！

暗红色封皮，上面绘着华贵而神秘的花纹，用金色字体烫着"天星妖怪录"几个字，应该是书名。

而书的腰封，被一个形状漂亮、金属质地的金色星星徽章扣住了。

这是什么书？玄幻小说？

林亦天疑惑地扒开那个金色星星的徽章，想要一探究竟。没想到，那坚硬的徽章割破了他的手指，他的血瞬间落到那个金色星星徽章上。

林亦天吃痛地收手，那本厚书一下掉到了地上。与此同时，书竟然自动打开了。

那一瞬间，书本里发出一道强烈的白光，刺得林亦天不得不遮住眼睛，退后了一大步跌坐在地上。

这一切都来得极为突然。

当林亦天揉着被强光刺痛的眼睛勉强睁开眼时，他被眼前的一幕惊呆了。

那本厚书飞到半空，无风自动，打开的书页中发出越来越强烈的白光，照亮了原本昏暗的树林。

更奇特的是，一个个光团从书页中飞出，带着绿莹莹的光芒，简直像节日焰火。

而那些光团像是一个个有生命的生物，叽叽喳喳仿佛还说着他听不懂的语言，可以感觉出来的是，它们都很兴奋，在飞出书页后不久，就像光箭一样飞出了树林。

林亦天眼见着那些光团一个个飞走，只剩下那本越来越暗的书，震惊得完全不知所措。

不久后，书上的光芒完全消失，书跌落下来，掉在他的手边。

突然，一道黑影闪入树林，一把扯住林亦天，凶狠地吼道："臭小鬼，你干了什么？"

那是一个穿着蓝色长袍的奇异少年，看起来年龄比林亦天大一点点，面容俊美，身材挺拔。他的头发像女孩子一样长至腰际，隐隐透出海蓝色的光芒。更奇怪的是，他的耳朵尖而挺立，不像人类的耳朵，倒像是狐狸。

此刻，他那双银灰色的眸子正凶神恶煞地瞪着林亦天。

"啊……妖怪！"林亦天挣扎着想推开他，他却死活不放手。林亦天情急之下，一巴掌扇到他脸上。

"啪"的一声，奇异少年终于松开了手，捂着脸突然安静下来。

林亦天虽然心里很害怕，但更明白此地不宜久留，他马上紧握相机往树林外跑。

"等等！臭小鬼！"奇异少年突然大叫起来。

猪才听你的！林亦天跑得更快了。

"你给我站住！"奇异少年猛地扑过来，从背后把林亦天扑倒在地。

"啊呜——"

十几分钟后，两个折腾累了的人头发散乱地坐在满是枯叶的地上，互相瞪着对方。

奇异少年气呼呼地问："你到底是谁？为什么能打开《天星妖怪录》？"

林亦天没好气地回道："我只是捡了本书，随便一翻就打开了！"

"随便打开了？"奇异少年诧异而狐疑地瞪着他，"怎么可能，我费了那么多功力都没打开，你就那样随便打开了？！"

林亦天不耐烦道："那是因为你太笨了，完全不关我的事！"

"你这个臭小鬼！"奇异少年大怒，再次一把抓住林亦天的手腕。

"你叫什么名字？"

经过刚才的角力，林亦天已经见识过奇异少年的力量，他只能识时务地回答问题："林……亦天。"

奇异少年盯着他的眼睛，狠狠地说道："林亦天，你听着，我的名字叫白夜光，从今天起，你必须与我签订血的契约！"

血……血什么啊？！

就在林亦天还发蒙的时候，奇异少年白夜光已经利索地用随身的匕首划破了自己的指尖，接着又一把抓住林亦天的手，割破他的指尖，把两个人的鲜血抹在一起。

林亦天只来得及发出一声惨叫，就看到那融合的鲜血发出一抹奇异的光亮。

白夜光口中念了几句林亦天听不懂的咒语，用那发出光亮的鲜血，在自己的左手背右侧画了一个月亮形的符号，随后一把翻转林亦天的手腕，在他的右手背左侧也画了一个月亮形的符号。

"从现在开始，林亦天和白夜光正式签订为血之契约者，双方锁定羁绊联系，无论多么遥远都可以感知对方所在的地方，直到一起找回那些从《天星妖怪录》里逃走的妖怪，此契约方能解除！"

白夜光紧握着林亦天的手念完上述句子，完全无视林亦天的挣扎哀号，仿佛此事与他毫无关联。

而光芒在他们紧握的手中绽放，随着这光芒，他们手背上的两个月亮形符号随之化为一个淡淡的红色印记。

二、多了一个秘密室友

天色渐晚，新圣中学高一F班的这趟临风镇之旅就要宣告结束，大家聚集在一起准备上车回西景市。

班长左晓曼开始清点人数，却没有看到林亦天。她给林亦天打电话也没有打通，正在着急，突然听见任枫的怪叫："小天？哇，你这是什么德行啊？你不就是去拍个照吗？需要把自己扮成野人吗？"

左晓曼抬头一看，不远处正有一个"野人"低着头僵硬而缓慢地朝他们走过来。

之所以说是野人，是因为眼前的那个人头发杂乱，头发上还挂着几片枯树叶，衣服也是乱糟糟脏兮兮的，重点是他的神态，愁容满面，眼神呆滞，仿佛被雷击中了一般。

"林亦天，你不会真的是被鬼缠上了吧？"于诗影看着林亦天掩嘴笑。

"哎，我说我的同桌兄弟，你真的没事吧？来，趁你现在神志不清，赶紧把你名下的各种财产问题交代一下，写上我的名字。"任枫走到林亦天身边，笑得贼兮兮的。

"……"可是无论谁调侃，林亦天都一言不发。

"好了好了，时间不早了，大家赶紧上车吧！"

左晓曼招呼同学们上车，顺道瞪了林亦天一眼，小声说："不听老人言吃亏在眼前，早就劝你不要去那片树林了，撞鬼了吧？还不快上车？！"

仿佛是受了刺激，一直呆滞无言的林亦天突然一把拉住左晓曼的胳膊，以头撞她胳膊，发出悲惨的怪叫："啊啊啊，班长大人，我确实是撞鬼了啊！我要是早听你的话就好了！"

左晓曼没料到他反应如此大，正准备义正词严地教育他几句。可是一瞬间，林亦天拉着她的手突然松开了，他像一阵风一样，转眼间就跑上了旅游客车。

那感觉，就像是有人突然拉了林亦天一把，他简直是跌跌撞撞冲出去的。可是，明明周围没有人啊！

左晓曼愣在原地，半晌才擦了擦眼睛，摇了摇头。

这家伙莫非真的中邪了？

在她的印象中，林亦天家是开书店的，平常就喜欢带一些稀奇古怪的书到学校来看，最喜欢研究摄影，偶尔卖萌要二。

因为长相清秀阳光，还有几个女生偷偷暗恋他，不过他好像没心没肺成天乐哈哈的毫无知觉。

像今天这种状况真是史无前例啊！

史无前例。

这也是林亦天这次野外摄影的感受，他怎么也没想到，去那片树林拍个照，就惹上了一只妖怪，把他搞成了这副野人的样子，还和那只妖怪签订了莫名其妙的鲜血契约。

他不会想到，他以后的命运，因此改变。

在林亦天面前毫无顾忌地施展了隐身技能的白夜光，不仅跟着他从树林出来，还一把拉着他上了旅游客车，最后跟着他回了家，成为他的秘密室友。

白夜光警告林亦天不准让任何人发现他的存在，直到林亦天配合他一起找回那些从《天星妖怪录》里逃走的妖怪，他才会离开。

林亦天真是欲哭无泪，他默默地伸出右手，发现右手背左侧那个月亮形符号仿佛已经镌刻在皮肤上，像是一个血色胎记，无论他用纸巾擦还是用肥皂洗，怎么都弄不掉。

"别白费力气了，除非你完成了契约内容，或者我放弃契约，否则那个印记是不会消失的。"坐在林亦天房间的电脑桌边，在灯光下懒洋洋吃着点心和水果，白夜光冷冷地说。

林亦天瞪着他："你这个无耻的家伙，我都说了我什么都不知道，你这样缠着我也是没用的！"

白夜光完全不理会他："有没有用不是你说了算，你能打开《天星妖怪录》，也能看到隐身后的我，就证明你本身一定具有灵力。再说了，那些妖怪是你放跑的，如果他们为祸人间，会造成巨大灾难，你不觉得你有义务找回他们吗？"

林亦天垂头丧气，抱头嘀咕，半晌才回道："好吧，那你可不可以告诉我，《天星妖怪录》到底是什么？"

"《天星妖怪录》是一本封印各种妖怪、拥有强大能量的魔法画册。"白夜光简洁地说着，警惕而犀利地瞟了他一眼，"至于其他的，就和你没关系了。"

林亦天撇撇嘴，心想，你跟我没关系才最好！

然而不管林亦天怎么想，白夜光成为他的秘密室友已经是事实了。

好在白夜光虽然神神秘秘脾气古怪，但也不十分挑剔。

林亦天不让白夜光睡他的床，白夜光也不强求，随便在窗台、沙发、桌子还是地上都可以睡觉，而且好像很快就无声无息地睡着了。

这天晚上，林亦天却不可避免地失眠了。

他翻来覆去都睡不着，好不容易睡着了，却还做了个奇怪的梦。

梦中，他看到一个黑发红衣的美艳女子，她的身边跟着两只闪闪发光的小精灵，她的红衣在那莹莹光芒中飞舞，美得如仙如魅。

林亦天对她很陌生，却又有种熟悉的感觉，好像自己并不是第一次梦到她。

"我们是要再见了吗？"

这声音不是梦中红衣女子的，而是林亦天在梦中发出的，他自己却完全没有意识到。

夜色中，谁也没注意到，放在窗边桌上的那本书——《天星妖怪录》，在月光的照耀下，隐隐发出了微光。

似乎是被那微光吸引，窗外有两只类似萤火虫的生物靠近。

近了才看出，那是一红一青两只小精灵，他们身形微小，长着晶莹剔透的翅膀，却有着人形的身体和脸。

他们绕着那本书飞了一圈，互相碰了碰头，又悄无声息地从窗户飞了出去。

窗外的夜色苍茫，月光如银。

西景市的繁华灯光中，人们都在熟睡。没有人注意到，在这午夜时，街角的树下有两个奇异美丽的小人儿。

他们一个叫青雪，一个叫炎冰。

红色短发、肤色健康、棕色双瞳、长相俊朗帅气的是炎冰，他抚唇叹道："青雪，看来那个狐妖小子比我们先遇到我们要找的人了。最关键的是，那个人把那些妖怪都放跑了，现在该怎么办才好呢？"

浅绿色长发、肤色雪白、碧色双瞳、气质清新淡漠的青雪冷静地说道："先静观其变吧。"

❦ 三、第一只妖怪：千面歌姬

早晨，一晚没睡好的林亦天无精打采地走出房间时，经营书店的父母早已经留下早餐出门了。

林亦天本以为他去上学就可以摆脱那只狐妖了，哪知道白夜光强行剥削了他一半的早餐不算，还带着《天星妖怪录》跟他一起去上学了。

白夜光说反正他隐了身，一般人类都看不见他，他跟着林亦天是因为《天星妖怪录》可以感应到那些被放走的妖怪的气息，而林亦天可以控制《天星妖怪录》，抓回那些妖怪。

林亦天管不了他，也只好由他去了。

坐公交车到新圣中学后，林亦天直奔高一F班，白夜光就在学校里随意转悠。作为一只狐妖，他虽然在人界出入多时，可是很少会来学校这种地方，所以对这里的环境有些新奇。

此时已经是上课时间，校园里很少有学生走动，白夜光走过操场，看到宣传栏里贴了很多"校园K歌大赛"的宣传海报。看着那些歌唱的画面，风中仿佛有若有似无的歌声传来。

白夜光手中的《天星妖怪录》上，那个金色星星徽章闪耀了一下。

"校园K歌大赛？"正在教室里的林亦天被同桌任枫问起此事，低头翻自己的书，"又不是摄影大赛，我没兴趣。"

任枫笑嘻嘻："没兴趣好，那你来当我的后援会会长？"

林亦天白了他一眼，继续翻自己的书："我更没兴趣。"

任枫沮丧地抱怨："小天，你不要这样嘛，让我一个人孤军奋战，太不够意思了，好歹我们也同桌一场！"

看他摆出一副可怜的样子，林亦天没什么同情心："我还有别的事要忙啦，你去找别人啊。"

任枫更沮丧了："于诗影也要参加比赛，好多人都被她拉跑了，尤其是那帮外貌协会的男生。"

"你……"林亦天鄙视着他，叹了口气，"算了，看你这副没出息的德行，小爷还是帮你吧。"

为了参加校园K歌大赛，报了名的同学放学后要么借音乐教室练习，要么去外面的KTV练习。

由于学校资源有限，任枫和于诗影还有其他几个同学被安排使用同一间音乐教室。

条件优秀的人向来有骄傲的资本，于是，于诗影理所当然地第一个上台演唱。

音响设备就位后，于诗影便拿起麦克风开唱，虽然音色平平，还有好几句唱走调，但她的眼神动作姿色无不动人十足，足以让台下一大片男生为她热情地加油呐喊。

坐在台下的任枫不满地对林亦天抱怨："小爷我是多倒霉，好像就避不开她了！"

林亦天笑着说道："我倒突然觉得有趣了，我就不信她这种水平还能得奖。枫哥，你要是赢不了她，我都跟着你丢脸。"

任枫看了他一眼，搭着他的肩膀笑了："于诗影那样的庸俗美女，也只有班上那些不懂审美的男生喜欢，不过你似乎也看她不顺眼？真不愧是我的好同桌，跟我一样有眼光！"

一轮歌唱过后，于诗影下台休息，任枫上台。

　　但没过几分钟，从洗手间回来的于诗影又径直走上台，一把抢走了任枫手中的麦克风。

　　"喂喂！你干什么？"任枫反应过来时已经晚了，"你这人太缺德了吧？我才刚唱两句呢！把麦克风还给我！"

　　于诗影却根本没有看他一眼，拿起麦克风就开唱了。

　　刚听到一句，任枫就为之一震，原本生气的他瞬间愣住，只能站在那里听她唱歌。

　　不只是任枫，在于诗影开口唱歌之后，音乐教室里的所有人都怔住了，那出色的音色让人耳目一新，大家只能忘乎所以地听她歌唱。

　　那样美妙的歌声、清亮动人的音质、婉转柔韧又具有爆发力的声线，仿佛是传说中的海之女神在海上歌唱。

　　林亦天也在这歌声中沉迷了好一会儿才醒转过来。

　　等等，这是怎么回事？于诗影一开始开口唱歌的时候明明不是这样啊……

　　林亦天疑惑地打量着台上的于诗影，明明就是于诗影啊，没有换人啊。

　　但为什么她现在的歌声和一开始的完全不同？

　　林亦天不由自主地走近表演台，想跟于诗影说话。

　　似乎是察觉到什么，台上投入歌唱的于诗影突然睁开眼，停止歌唱，然后在林亦天走过来之前匆匆下台，朝音乐教室出口走去。

　　"于诗影！"林亦天叫她，但是她没有回头。

　　林亦天犹豫了一会儿，还是决定追出去，而他刚出门就撞上了一个人。

　　"哎，林亦天，你不用每回赶去投胎的时候都要撞上我吧？"于诗影整了整衣服，不高兴地皱眉看他。

"啊？"林亦天傻眼，愣在原地，"你、你刚刚不是出去了吗？"

"奇怪，难道我出去上洗手间就不能再进来了吗？"于诗影显然更不满他的态度，白了他一眼，就姿态骄傲地绕开他，走进音乐教室。

这到底是怎么回事？

林亦天站在原地愣了一会儿，准备进去再问个清楚，身后突然有人拉住他。

他回过头，竟然看到一脸严肃的白夜光，他诧异地问道："你怎么到这里来了？"

"有妖怪出现了。"白夜光一边淡淡地说，一边把《天星妖怪录》递给林亦天，上面那个金色星星徽章还在闪耀，而由强到弱的光芒显示，那个妖怪已经远去。

林亦天惊讶地睁大眼，看着那本奇异的画册，半响才回过神。

"刚刚那个唱歌异常动听的，不是于诗影，而是妖怪？"

白夜光看了他一眼："算你还有点儿脑子。"

林亦天暂且不理会他的讽刺，继续问："那是只什么妖怪？为什么会长得和于诗影一模一样？"

"你把《天星妖怪录》翻到正在发光的那一页。"

林亦天依言照做。他发现这本画册里，每一页上都画着各种各样的妖怪形象，旁边还配有文字，只是画面的颜色都很灰暗。

而正在隐隐发光的那一页上，画着一个正在歌唱的美丽妖怪，长长的头发垂至小腿，穿着华丽的宽袖长袍，手中拿着各色漂亮的脸谱。画面旁边写着几行文字：

千面歌姬，喜欢唱歌，歌声美妙动人，能够变幻出无数种美丽的样貌，变化成各种人类的样子。

"千面歌姬……原来如此。"林亦天这才恍然大悟。

白夜光意味深长地看着他："等她再出现的时候，你就用《天星妖怪录》收服她，让她重新回到这页画纸上。"

林亦天抓抓头发："可是我什么都不会啊，我要怎么收服她？不行不行……"

白夜光闪电般地出手在林亦天的脑袋上轻轻一拍："你白痴啊，你能打开《天星妖怪录》，就一定能操纵它！到时候我会在你边上教你怎么做的。"

四、忘川楼上的歌者

千面歌姬喜欢唱歌，就一定会因为唱歌而出现。

白夜光说，离开《天星妖怪录》的妖怪，只有心甘情愿才能再回到画册上。

这让林亦天十分头疼，那些妖怪既然离开了，又怎么才能让他们心甘情愿地回去呢？是要他帮助妖怪们了了心愿吗？

那么，那个千面歌姬的心愿是什么呢？

"你说那个于诗影多不讲理，昨天明明抢了我的麦克风还不承认！"早上，林亦天刚坐到座位上，旁边的任枫就忍不住开始发牢骚，"那群男生还帮着她说话，真是欺人太甚，他们统统欺人太甚！"

林亦天忍俊不禁："哎呀，你就不要抱怨了，有本事你就比她唱得好啊。"

任枫不服气地回道："好，那你就等着看好了！"

放学后，音乐教室里又一次洋溢着青春热血的气氛。

台上音乐响起，任枫脱掉了校服外套，穿着白衬衣，扯松了深蓝色领带，一头层次分明的头发，衬着充满活力的浓眉大眼，既俊秀可爱，又潇洒不羁。当他开口歌唱，又仿佛有一种诗意的忧伤。

摸不到的颜色 是否叫彩虹

看不到的拥抱 是否叫微风

一个人 想着一个人 是否就叫寂寞

命运偷走如果 只留下结果

时间偷走初衷 只留下了苦衷

你来过 然后你走后 只留下星空

那一年我们望着星空

有那么多灿烂的梦

以为快乐会永久

像不变星空 陪着我

浪漫而动感的摇滚乐中，任枫一边歌唱一边舞动，把一首《星空》唱得十分动情。

除了于诗影和她那群后援队，在场的许多同学都为任枫欢呼鼓舞，连一向严肃的左晓曼都在为他加油。

在远远的角落，坐在林亦天身边的那个蓝发少年也在认真听，他那银灰色双眸透露着温柔，棱角分明的优美侧面看起来竟然有着淡淡的忧郁。

温柔？忧郁？

林亦天有些疑惑，错觉吧，这些词怎么会出现在这个令人讨厌的狐妖身上呢？

就在这时，《天星妖怪录》上的金色星星徽章忽然闪烁了一下。

原本沉浸在歌声里的白夜光立刻警醒地跳了起来，教室门口有一抹影子一晃而过，他一把拉起林亦天追了出去。

林亦天还未反应过来，就感觉自己被一阵风带了起来，他的身体竟然腾空而起！

他跟着白夜光一起，跑出了音乐教室，飞上了教学楼。

他吓得心都快跳到嗓子眼儿了，只能下意识地抓紧白夜光。

校园的天际落满黄昏的霞光，隐约有女子轻柔悦耳的歌声缭绕。

白夜光带着林亦天蹿上了教学楼顶楼的天台。林亦天的双腿终于落地，却发抖着站不稳。

坐在天台栏杆上的那个身影，轻易地吸引了两个少年的注意力。

她正坐在那里歌唱，长长的头发垂至小腿，穿着华丽的宽袖长袍，手中拿着各色漂亮的脸谱。

"千面歌姬？！"林亦天忍不住叫出声来。

那女子回头，一张美丽不凡的脸看向他们，眼神却十分冰冷："没想到你们这么快就找到我了。"

林亦天高兴得笑了起来："因为我们有《天星妖怪录》嘛。"

白夜光闻言忍不住白了他一眼。

"但你们应该知道，只要我不愿意，你们是没办法把我收进《天星妖怪录》的，所以不用白费力气了。"

林亦天无言以对。

白夜光的银灰色双眸定定地看着千面歌姬，眼神犀利，他缓缓地说道："我们可以帮你实现你的心愿。"

千面歌姬微微一怔，眼神柔和下来，但很快又恢复冰冷："我的心愿就是永远离开《天星妖怪录》，恢复自由！只要你们离我远点儿，我就可以实现了！"

天星传说

"永远离开《天星妖怪录》又能怎么样，你也只能四处游荡，戴着别人的面具唱歌，那始终不是你自己。"

仿佛被刺中心里的痛处，千面歌姬面色僵硬地站起身来，声音中透着怒意："那关你们什么事？走开！我不想看到你们！"

她一挥衣袖，立即出现了一大排和她长得一模一样的人，那些幻影在天台上形成一道闪烁的人形幻墙。

借着这道幻墙的掩护，千面歌姬在一道光芒中从天台消失。

在那光芒消失之前，被眼前景象惊得目瞪口呆的林亦天，被白夜光拉着飞快地腾空飞起，他们跟着千面歌姬进入了那道光口。

眼前一阵光影变化，等林亦天终于睁开眼时，他发现自己和白夜光正站在一幢古色古香的楼宇里。

这幢古楼有七层，虽说里面的陈设都透露着东方韵味，可是格局构建却又类似西方。

古楼底层有一个宽敞的中心大堂，由下到上直通到顶楼的天花板，琉璃制成的天花板恍若透光，上面垂下无数串珠帘，每一串珠帘上都有闪耀的宝石。

风拂过时，珠帘便好像发光的星星海一般。

古楼每一层的四周都有柱栏围绕，每一层楼上都有各种客房和雅间。

此时，林亦天和白夜光正站在三楼的栏杆边，耳边丝竹声响，琴声悠扬，一楼中心大堂的舞台上有几个长袖飘飘的舞女在跳舞。

台下的座位上，还有每一层楼的栏杆边，都有许多观看的客人。他们都穿着古装，穿一身校服的林亦天站在他们中间简直像外星人一般。但是，周围的人似乎并没有发现他们的存在。

这是什么地方？他们为什么会来到这里？千面歌姬去哪儿了？

稍微花了一点儿工夫纠缠白夜光，林亦天才弄清楚这些问题。

原来，这里是五百多年前的时空，这古楼名叫"忘川楼"，由于《天星妖怪录》的力量，他们跟着千面歌姬的记忆一起穿越到这里，所以他们能看到这里的景象，这里的人却看不到他们。

这里应该有千面歌姬最难忘的记忆，所以她的心愿也一定源于此处，但她现在在哪儿呢？

林亦天和白夜光正在四下寻找千面歌姬的时候，中心大堂的舞台上突然传来一阵歌声。

那歌声如黄莺出谷，优美清澈，让人的听觉神经瞬间苏醒，忍不住沉醉其中。可是，台下的观众突然惊恐地尖叫起来，纷纷朝门口逃去。

"啊，妖怪！有妖怪！"

人们大叫着散去，台上的歌声却没有停止，只是越来越悲伤。

忘川楼里的人越来越少，白夜光注意到，角落的雅座里有一个黑发红衣的女子一直没有动，她美丽的眼睛注视着舞台，笑容天真而冶艳。

是她吗？

林亦天走近舞台才发现，那个在台上唱歌的女子没有脸，她的面目是一片空白。

世间的人有千万种面目，谁能看清谁是真的面目。

她能变幻出千万种让人欣赏的面目，却没有一张脸是属于她自己的。当她露出真实的自己，那些人都会仓皇而逃。

这到底是她太虚伪，还是世人太虚伪？

"我也想做真实的自己，可是世界容不下我。"

她的歌声越来越悲伤，如泣如诉，让人揪心。

台下的人已经跑光，只剩林亦天和白夜光。

不知什么时候，在无脸女子独唱的舞台上，又出现了一道同样的身影。不同的是，那个女子有着美丽的脸，或者说那个女子戴着美丽的面具，她是千面歌姬。

望着满座虚席，她语带讽刺地轻叹："你们看见了吧，这是五百年前的我，真实的我。所有人看到的不过只是我的脸，其实没有人真的喜欢听我唱歌。"

林亦天走上前，说："就算是这样，你还是喜欢唱歌吧。别人的目光，难道值得你放弃自己吗？"

千面歌姬看向他，眼神柔和而悲伤。

"让我们帮你吧，只为让你为自己唱一次。"

五、是兄弟的话就帮帮忙

一个星期后，经过一轮又一轮的比赛与筛选，校园 K 歌大赛就要进入决赛。

高一 F 班的任枫和于诗影都进入了三十强，他们每天都在班上给自己拉票。

每次回到座位上，任枫都要向林亦天抱怨："我实话实说，于诗影除了那一次排练的时候唱得不错，哪次唱得比我好啊？让她进三十强，也不知道那些评委老师是不是只长了眼睛，没长耳朵和脑子！"

"那没办法啊，美貌也是一种资本嘛。"林亦天想到一事，转了转眼珠凑近了任枫，"枫哥，可不可以请你帮我一个忙？"

"请？难得听到你说这个字。"任枫狐疑地打量着他，"准没好事吧？"

林亦天嘿嘿一笑，低声在他耳边说了几句话。

"是兄弟的话就帮帮忙，拜托拜托！"

任枫想了一会儿，对林亦天拍拍胸脯："好，看在兄弟情分上，我帮你。但你要答应我，以后我唱歌你不许跑远了，要站在离舞台最近的地方给我加油！"

"放心啦，我一定当一个称职的后援会队长！"

星期五的下午，是校园K歌大赛的决赛。新圣中学体育馆里挤满了学生，随着主持人的介绍与解说，参赛选手一个接一个地上台表演，然后接受评委的点评和打分。

于诗影的成绩并不理想，像一只落败的华丽孔雀，被一群人安慰着。

任枫在后台看到她，扬扬得意，一边对镜整理好发型和衣服，一边笑眯眯地对林亦天说："阿天，怎么样，我看起来很帅吧？"

"不帅。"

见任枫的脸马上黑了，林亦天忍俊不禁，笑着推他一把："我的意思是，不是简单的帅，简直是高富帅！好啦，快去准备上台，别忘了你答应帮我的事。"

体育馆里黑压压地坐满了人，只有台上被彩色灯光照亮。

任枫退场后，主持人拿着节目单上台，眉间有一丝疑惑："下面有请来自高一F班的小千同学上场。"

这时，台上的灯光也熄灭了，全场陷入一片黑暗。在那宁静的黑暗中，响起清脆动听的钢琴声，美妙的节奏动人心弦。

一束光照亮舞台中央，映出一个女生的纤长身影，她长长的头发垂至小腿，穿着华丽的宽袖长袍，像来自另一个国度的仙子。奇怪的是，她的面孔有些模糊，在模糊的光影中几乎看不清她的五官。

台下一阵骚动，大家都在小声议论，却没有人认识她。

而当她开口唱歌时，一切杂音都消失了，大家忘记一切地听她歌唱，沉醉在那完美的歌声中。

流畅的钢琴声，时而缠绵悱恻，时而跌宕起伏。

那女生的声音清澈优美，仿佛让人置身仙境，感受着最美妙的自然之声。

琴声节奏到高潮之处，她婉转的变音仿佛戳中人心，让人感受到音乐中淡淡的却动人的忧伤与温暖。

一曲完毕，长发女生深深地对台下鞠了一躬。台下掌声雷动，大家欢呼不已，有的同学甚至感动落泪。

她抬起头的时候，已经换上面具。她的眼神温柔，美丽的脸上却流下了眼泪。

心里有一个声音在说：希望可以用自己真实的面目歌唱，赢得大家热情鼓舞的掌声。

这就是她真正的心愿。

现在，终于完成了。

台下的不远处，林亦天看着她，也开心地笑起来。

为了让千面歌姬能上台唱歌，他跟任枫说，他有一个远道而来的好朋友非常想上台表演，他因为欠她人情必须要答应她，所以拜托任枫帮忙搞定了主持人，在节目单上做了手脚。

舞台上，暗处的钢琴边，除了林亦天，没有人看到其实是一个蓝发少年在弹奏。

暗淡的灯光里，蓝发少年一身蓝袍的侧影，脖子上那串月亮形坠子的银项链隐隐发光，让人感觉沉静而舒心。他的表情淡漠而庄重，弹琴的手指沉稳有力一丝不苟。这是林亦天从未看到过的一面。

在这之前，知道白夜光竟然会弹钢琴，林亦天还非常吃惊。

白夜光鄙视地看着他："没见识，我会的东西多了，你就等着慢慢吃惊吧。"

林亦天虽然嘴上不承认，但心里的确对这个家伙有几分钦佩。

尤其是那天在天台上，白夜光对千面歌姬说的那些话，说不清为什么，他忽然觉得这只狐妖也不是那么令人讨厌了。

"我们可以帮你实现你的心愿。"

不是用别人的面目，而是用真实的自己，认真地歌唱。

千面歌姬真的做到了。

校园 K 歌大赛进行到最后，体育馆里欢呼一片。所有人都在为校园 K 歌大赛的冠军得主而喝彩。

而那个名叫小千的女生，不知什么时候已经不见了。

所有人都找不到她，高一 F 班的很多人都说，从没见过那个女生，只是觉得她的歌声有点儿耳熟。

"谢谢你们。"教学楼的天台上，千面歌姬面带微笑，温柔地看着林亦天和白夜光，"我想现在，我可以回到《天星妖怪录》里去了。"

林亦天扒开那个闪闪发光的金色星星徽章，打开《天星妖怪录》的封面，发光的书页自动翻到画有"千面歌姬"的那一页。

千面歌姬朝他们深深地鞠了一躬，化成一团发光的烟雾，飞向那一页画纸。

光芒消失的时候，原本画面灰暗的书页，已经变成彩色画面，上面那个手中拿着各色漂亮脸谱的长发女子栩栩如生。

白夜光看了林亦天一眼："把你的手指放在这一页上，画一个星星符号，这是给妖怪的封印，以后每次收服妖怪都要这样。"

林亦天似懂非懂，抚摸那一页画面，触手生温。

他把手指放在画着千面歌姬的彩色书页上，指尖画过的轨迹形成了一个发亮的星星。

无人注意的角落，名为青雪和炎冰的精灵把一切尽收眼底。

炎冰微笑道："这两个小鬼还真是出人意料呢，表现得很不错，我都不忍心破坏了。"

青雪淡淡地看了他一眼："算了吧，我看你早就忍不住想出手了吧。"

"呵呵，还是你了解我。那你的意思呢？"

青雪看着远处那两个身影："再等等看吧，现在还不是时候。"

"好，我听你的。"炎冰爽快答应，又深情地看着她，"可是青雪，你应该知道，有人已经等不了了。"

Chapter 02
名为天星的阴阳师世家

"我只是希望我的努力能得到最好的结果。"
——混血妖兽
"你的快乐只能是你自己给的，而不是总要别人赋予。"
——林亦天

一、新圣中学的新同学

春天的晨光中，西景市的空气湿润而清爽。

林亦天照旧在公交车站等公交车去上学，白夜光这天没有跟着他，据说是有事情要处理，具体是什么事他就不知道了。

不跟着他也好，他难得轻松。这么想着的时候，一辆白色轿车在他面前停了下来。

车窗摇了下来，露出一张温文秀美的女生的脸。她有一头中长黑发，肤色白皙，杏眼深黑。

"请问你是新圣中学的学生吗？"女生的声音温柔甜美。

林亦天注意到女生身上也穿着新圣中学的校服，点点头："是啊。"

"太好了。"女生笑起来，"我们是新圣中学的新生，刚转学过来的，你能帮我们带一下路吗？"

这并不是什么难题，他也要去上学，正好可以把她带到学校。林亦天答应了。

林亦天上车后，发现车里还有另一个男生。

男生有着一头棕发，漆黑的双眸，挺拔的鼻子，线条优美的下巴。他表情沉静，一副优雅俊美的贵公子模样，让人从心底惊叹。

他的身材和坐姿都极其优雅，但奇怪的是，他手里竟然抱着一只羽毛雪白的鸽子。

林亦天上车后，他都没有抬眼看林亦天一眼，只是专注地用修长的手指逗弄那只白鸽。

好高傲的公子哥啊！林亦天在心里暗暗吐槽。

林亦天把路线告诉司机后，车内就显得有些沉寂，还是那个女生先轻笑着打破了尴尬："同学，你口渴吗？"

"有点儿。"其实本来是不渴的，可是不知道为什么，面对这两个看起来就不同凡响的美貌人物，他竟然有些紧张。

"那……我也有点儿口渴了，我们在路边停一下车吧，你可以帮我们下去买点儿饮料吗？"

明明是非常无理的要求，但那女生的眼神却温柔又礼貌，仿佛只是在征询朋友的意见。

林亦天居然不忍拒绝，点头答应了。

下车后，林亦天在跑去买饮料的路上，突然觉得自己这样真的很谄媚。可是自己平时不是这样的人啊！

大概是面对美丽的生物，人类向来就缺乏抗拒力，根本无法拒绝吧。

真不知道他这叫运气好，还是有点儿倒霉。

拿着饮料回来的时候，林亦天大吃一惊。那辆白色轿车早已不见踪影，他站在路边傻了眼。左看看，右看看，周遭都是不熟悉的景物。

林亦天欲哭无泪，真想骂一句"苍天无眼"。

等找到回学校的路终于赶到教室的时候，林亦天已经迟到了二十分钟。

他大汗淋漓气喘吁吁地出现在高一F班的教室门口时，毫不意外地引来全班同学的注目，可是他已经累得四肢发软、两眼发黑，完全顾不了其他。

被老师瞪着眼批评了几句后，林亦天才得以回到座位。

屁股一落座，林亦天还在呼呼喘气，任枫凑过来小声问："阿天，你一大早干吗去了，怎么喘得像一头牛？要注意上课时间啊。"

林亦天没力气理他，调整着呼吸看向别处，却突然睁大眼，"噌"地站起身来。

"林亦天，你干什么？还嫌自己不够焦点吗？"

听着老师的一声怒吼，在同学们各色各样的目光中，林亦天尴尬地坐下来，但是眼睛仍然瞪得大大的，充满吃惊和疑惑。

他努力抑制住激动的心情，用颤抖的手指指了个方向，小声地问任枫："那两个人怎么会在我们班？"

"那是今天刚转学到我们班的新同学，听说他们是堂兄妹，男生叫'天星耀'，女生叫'天星雨'。"任枫好笑且不解地看着他，"你今天可真够丢人的，就算他们比你先到教室，你没见过，也不用这么吃惊吧？"

"……"林亦天一时脑袋短路，完全顾不上任枫的嘲笑。

他不明白，为什么那两个向他问路又把他像傻子一样丢下的人会突然变成他的同班同学。

下课后林亦天还在琢磨这到底是怎么回事，突然发现周围很多同学都在看他。怎么了？他为什么又引人注目了？这回他可是真的什么都没干啊！

"林亦天同学。"温和的声音传来。林亦天抬头一看，这才发现那个叫天星雨的女生站在他座位边，她友好地微笑着，"可不可以出来一下呢，我有话跟你说。"

走廊的僻静拐角，林亦天暗自打量着天星雨。

她身材高挑，骨架匀称修长，皮肤白皙透亮，同样的校服穿在她身上却有不同的风采，比他们的班花于诗影有过之而无不及。

最重要的是，她的气质非常好，温文秀美，笑容让人如沐春风，无法拒绝。

"真是对不起，今天早上本来准备等你的，可是有交警过来告诉我们那里不能停车，我们只好把车开走了。"她语气诚恳，并且弯腰深深一鞠躬，"可以请你原谅我吗？"

如此美好的人，如此谦和的态度，让原本生气的林亦天反倒不好意思起来，有一种莫名觉得自己太小气的罪恶感。

他手足无措地抓了抓头发："呃……你们不是故意的就算了啦。"

"那我们以后可以做好朋友吗？"天星雨微笑着，眉眼间有楚楚可怜的隐忧，"你也知道，我和堂哥刚转学过来，人生地不熟，看到你和我们同班真是太好了。"

"嗯，没问题，你们有什么事尽管来找我帮忙好了。"

"谢谢你了，你人真好。"

在林亦天被几句好话收买的时候，白夜光那边也在做买卖。

"给我绿光宝石，我就接下这单生意。"

树林里，面对着几个身材粗壮、凶神恶煞的狼人，白夜光双手环胸，一脸冷酷无畏。

狼人们凶狠地瞪着他："绿光宝石？那可是我们狼人族的至高宝物，你的'要价'也太高了吧？！"

白夜光面不改色："天星徽章还是绿光宝石，你们自己选吧。"

狼人们咬牙切齿地瞪着他，围在一起商量了一会儿，最后还是妥协了。

狼人首领铁火野昂首挺胸道："好，白夜光，我们就等着你拿天星徽章来换绿光宝石了。"

就算再怎样不甘愿，对白夜光这个妖界最厉害、最诡异的赏金猎人，狼人们还是不敢小觑。

在妖魔界，白夜光的名声尽管不好听，但绝对有名气。

众所周知的是，白夜光是一只百年狐妖，并且是一个无父无母的孤儿，后来逃出狐妖家族当了赏金猎人，这其中的曲折没人知道。

但为人称道的是，他本身似乎有异于普通妖怪的强大力量，或者他背后有某个神秘组织，无论多么艰险的高难度任务，只要他接手就会大获成功。

这桩偷天星徽章的生意，妖界的众多赏金猎人中，除了他恐怕没人敢接。所以就算他要的是绿光宝石，狼人们也不得不忍痛割爱。

二、天星雨和天星耀

林亦天放学回家后没见到白夜光，并被父母告知外婆生病了他们要去外婆家，晚上不回家了。

他正一个人在厨房准备晚餐的时候，突然，一个脑袋从他身后探出看他手中的东西："你在做什么？"

毫无防备的林亦天吓得一缩脖子："你怎么突然出现了？你今天去哪儿了？"

白夜光并不回答他的问题，自顾自地说："我肚子饿了，吃什么？"

林亦天不乐意地继续手中的活："我在做拌面。"

"我要吃。"

白夜光丢下这句话，就走到客厅坐在沙发上等着。

该死的家伙，我又不是你的仆人！林亦天一边切黄瓜，一边在心里愤愤不平。

但最后，他还是仆人一般地把做好的拌面端到白夜光面前。

白夜光毫不客气地端起碗吃，酸辣可口的面条配上清脆爽口的果蔬，让他一口气便把碗吃空了。

"我还要吃。"白夜光用冷淡的口气命令。

"没了，我只做了两碗。"林亦天看着他吃空的碗，有些得意，"是不是很好吃？我的厨艺很不错吧？"

白夜光冷哼了一声，拿起茶几上果盘里的苹果，转身走向阳台："我走了，这几天我会有点儿事，可能不回来。如果有妖怪出现，你就按你手上那个月亮形印记，我就能感觉到你。"

林亦天对着他的背影冷哼一声："讨厌的家伙，你最好永远别出现！"

才不过几天，转学生天星耀和天星雨已经成为高一F班最受欢迎的两个同学。

天星耀冷漠倨傲，让人不敢靠近，大多数人都只敢远观。他们对经常伴随他的那只白鸽羡慕不已，大家背地里给天星耀取名为"白鸽王子"。

不同于天星耀，天星雨美貌且温柔可亲，对每个人的友善态度是一向姿态高傲的班花于诗影无法相比的，很多人甚至提议这"班花"的头衔是不是该换换人了。

话传到于诗影耳中，她自然大觉刺耳，立马在班上放话：谁想换班花就站出来当面跟我说，躲在背后议论多小人啊！

此话一出，班上那些提议"班花"该换人的声音立刻小了许多。

但是，感受到屈辱的于诗影不肯善罢甘休，明察暗访地想知道这个话题的始作俑者是谁。

"我也不知道，我也是听其他同学说的……好像是林亦天吧。"

"好像是林亦天说的吧。"

"不太清楚，我听说是林亦天说的。"

虽说目前最受欢迎的女生是天星雨，但于诗影当然还是有长期以来残留的班花势力。

她暗访了好几个男生，他们含糊其辞，但却都把矛头指向了林亦天。

于诗影平时就和林亦天关系不怎么样，如此一来，她的火气更加大了。

中午休息的时候，于诗影找到林亦天，在走廊里横眉冷对："林亦天，你才认识天星雨几天就挑拨大家换班花。你是什么意思？看我不顺眼很久了吗？"

"啊？"林亦天感觉被一盆脏水泼得莫名其妙，他花了几秒钟才反应过来，"你是说我挑拨大家换班花？开什么玩笑啊！谁当班花关我什么事？！"

"大家都说是你说的，你还想抵赖吗？再说了，谁都看见那个天星雨总是对你示好，你今天早上还帮她交了作业本。"

林亦天用手扶额，叹了一口气，然后抬眼看着于诗影："那你是认定这事是我挑拨的吗？如果你认定，请你拿出证据来。"

于诗影一时有些底气不足，但很快又扬起头："好，你等着！"

十几分钟后，高一F班俨然不像教室，而像决斗场。

类似政治分裂的严肃气氛里，所有同学都分批坐着，面色紧张地小声议论。

"各位同学，关于林亦天挑拨大家换班花这件事情，请知情的人举手！"讲台上，于诗影一脸义愤填膺，直视着台下的同学。受了冤枉的林亦天反倒淡定，悠闲地抱臂站在一边。

台下的同学们面色为难地交头接耳，大多都不敢表态。

这时任枫站起身来，指着于诗影大声说："喂，于诗影，你没事找什么事啊？你以为谁都稀罕你那个什么破班花？"

于诗影瞪他一眼："不关你的事就给我闭嘴！"

任枫和她对视："你妨碍到我上课就关我的事了！"

于诗影不屑地哼了一声："你还装起好学生了，现在还没上课，班长都还没来，你不乐意就出去啊！"

刚说到班长，左晓曼正好从教室门口走进来，身后还跟着天星耀和天星雨，他们是和左晓曼一起去办公室领其他同学以前都领过的学习资料。

"你们这是在干什么啊？"左晓曼皱起眉环视教室一圈，还未来得及说什么，于诗影就一把抓住她的手："班长，请借我一点儿时间寻找真相！"

寻找真相？

林亦天在心里吐槽：你以为你是名侦探柯南啊？搞笑。

"天星雨同学，听说林亦天挑拨班上同学换班花，这件事你知道吗？"

明眼的同学都看得出，于诗影这句看似还算礼貌的问话背后，明显藏着一句"你是不是想取代我当班花"的挑衅。

高挑秀美的天星雨波澜不惊地微笑着，目光温柔地看向那些暗暗为她捏把汗的同学。

"这件事我不太清楚，你们有谁知道呢？"

那些被她扫视过的男生似乎在这瞬间得到了某种力量。

然后，一个男生说"我知道，就是林亦天说的"，随后立刻就有越来越多的人跟着说"我知道，就是林亦天说的"。

座位上的任枫满头疑问地看向周围的同学："喂，你们都在瞎说什么呢？没搞错吧？"

林亦天更是呆立当场，仿佛被乱棍打蒙。

他困惑不解地看向天星雨，她还是那样温柔地微笑着，就像他们最初在路边相见那样，就像她第一天转学到班上跟他道歉一样。但林亦天直到今天才看清，那笑容里有种蓄谋已久的居心叵测，还有仿佛这一切都与她无关的冷漠。

这让他的心感到一阵发冷，他顿时明白，天星雨就是这场换班花风波幕后的始作俑者。

但是，天星雨为什么要故意陷害他呢？

"林亦天，你不是要证据吗？"于诗影趾高气扬地走到林亦天面前，"现在证据确凿，你还有什么好说的？"

什么叫哑巴吃黄连有苦说不出，林亦天这次是彻底体会了。

他深吸一口气，直直地看着于诗影说："我要说的事实是，这件事跟我一点儿关系都没有。"

于诗影不屑："事实？你觉得这事实会有人相信吗？"

被人相信的就是事实，事实不被人相信就是假相。这就是这个世界的逻辑吗？林亦天感到有点儿绝望。

"我相信。"

听到这个淡定从容的声音响起，林亦天不可置信地看向天星耀的方向。

不只是他，教室里的所有人的目光都聚集到天星耀身上，连天星雨也露出惊讶的神色。

但天星耀只是气宇轩昂地站在那里，看着手腕上站着的白鸽，仿佛一点儿都没有被教室里紧张的气氛影响。

三、天星传说

为了完成赏金任务，白夜光四处打探天星徽章的下落。

作为妖界的赏金猎人，他在妖界虽然名声不好听，却暗中埋下了不少为他做事的眼线妖怪。当然，他们之间纯属利益关系。

白夜光每次接到赏金任务，都要花不少代价来打点这些关系，从而方便从他们那里获得有用的消息。

天星徽章，不同于一般的徽章。

它是阴阳师世家天星家族的家族徽章，此物一般只有天星传人中地位很高的人才配拥有，如天星家族的族长和地位高的长老。

目前天星家族年轻的传人们中，拥有天星徽章的只有一个人，那就是天星家族的少主，其地位相当于这个大家族的太子爷。

拥有天星徽章的人，就代表有权随时调动天星家族的势力。所以天星徽章自然是人人争夺的宝物。

可是，天星家族的人大多隐居于天星山庄，那个地方地势隐秘，且被魔法结界保护，一般妖怪根本进不去。只要天星山庄不开门，就算是本事再大的妖怪也闯不进去。

但是，有个眼线妖怪给白夜光带来了一个好消息。天星家族最近有两位少爷出门，其中有一位就是拥有天星徽章的天星少主。

按照眼线妖怪提供的线索，白夜光一路寻找着天星家族传人的去向。在这途中，他身上的《天星妖怪录》感应到了妖怪的能量，封面上的金色星星徽章闪闪发光。

林亦天现在不在身边，他没办法打开《天星妖怪录》，感应到妖怪的出现也没办法处理。但是他也不想白白错失这个机会，至少知道那只妖怪长什么样也好。

而且，他可不想承认那个人类小子的存在那么重要，这种感觉很讨厌。

白夜光循着妖气的方向找过去，来到一片僻静的树林，在一棵大树后藏起来。

不远处有几只妖怪在对话，那是三只狼人和一只看起来很奇怪的妖怪。

奇怪的妖怪长着尖尖的兽耳和棕色的兽面，明显也是妖兽种族，但是不像狼人那样身材魁梧强壮。

他的身材高高瘦瘦，穿着黑色的制服，姿态有几分贵族气息，连平时凶恶的狼人首领铁火野在他面前都卑躬屈膝。

"大人，以您的身份和能力，我们理应把绿光宝石奉献给您，但是很抱歉，绿光宝石已经被其他人以交换条件预定了，我们狼人家族现在绝对不能擅自把它交出去。"

"预定的人是谁？"

"妖界一个很厉害的赏金猎人，狐妖白夜光。"

"白夜光……"黑衣兽人念着这个名字，笃定地微眯起眼，"你们等我，我一定要找到他，让他放弃绿光宝石。"

躲在不远处大树后的白夜光不禁有几分诧异。

明明一直是他在找妖怪，现在居然妖怪也要找他。这到底是只什么妖怪？

在和林亦天碰头之前，他决定先不要打草惊蛇。他用手指抚过左手背上那个月亮形印记，心想，也不知道那家伙现在在干什么呢？

由于白夜光的惦念，林亦天不合时宜地打了个喷嚏。

这打破了全场的寂静，仿佛把全教室的紧张气氛戳了一个洞，大家紧绷的神经也得以松弛。

"天星耀同学，你凭什么说你相信林亦天？"

这不仅让于诗影疑惑，连林亦天也觉得很是疑惑，虽然他很希望有人相信他跟这无聊的"挑拨换班花"事件无关，但是如果说这个人是从来没有和他说过话、看起来如此冷漠倨傲的天星耀，那也太过奇怪。

天星传说

天星传说

花之岛
MY HOME
工作室·出品

天星传说

花之岛 MY HOME
工作室·出品

更何况，他不是天星雨的堂哥吗？他们现在这样，是唱的哪一出啊？

"就凭他站在这里和你对峙。"淡淡的语气却一针见血，天星耀目空一切地看了于诗影一眼，"再说了，从目前的各种事实来看，你确实没有什么资格当班花。"

说完这些话，天星耀带着他的白鸽，头也不回地走向最后一排座位，留下脸色苍白难看的于诗影。

天星雨看了她一眼，抿了抿嘴唇，故作常态地跟上天星耀的脚步。

这变化莫测的状况，让林亦天只能呆站在一旁。他看到于诗影低头站在那里，气得肩膀都瑟瑟发抖，她明显是受到极大的打击，天星耀刚刚的犀利言行，一定是她从来没有遭遇过的。

教室里的同学们开始窃窃私语，于诗影似乎终于不堪忍受，一抬头朝教室门口跑了出去。

放学一回到家，林亦天就累倒在沙发上。

虽说今天的事有惊无险，名声败坏的人换成了找他麻烦的于诗影，她今天下午都没来上课。但这总归不是什么好事，他也不想把事情弄得这么难堪。

"喂，我饿了。"

随着这熟悉的声音，一道蓝色身影闪现在沙发上。

林亦天吓了一跳："你什么时候回来的？怎么每次出现都这么吓人啊？"

白夜光无视他的问题，再次强调："我饿了，吃什么？"

林亦天无力扶额，起身走向厨房。

三菜一汤的饭桌上，白夜光吃饱后放下碗筷，银灰色双眸盯着还在喝汤的林亦天，说道："从今天开始，没有我的允许，你不准离开我的视线。"

"噗——"林亦天不雅观地喷出了一口汤，他赶紧用纸巾捂住嘴擦了擦，惊恐地看着白夜光。

白夜光则嫌弃地看了他一眼："你不要误会，我也不想总和你待在一起，但是为了《天星妖怪录》，这也是没办法的。"

那个嫌弃的眼神令林亦天十分不爽："我干吗要听你的指挥，我又不是你的奴隶！"

"因为最近有妖怪在找我，你最好警惕一点儿。"白夜光冷冰冰地丢下一句话，起身走向阳台。

哪只妖怪敢找你啊？你自己不就是妖怪吗？

林亦天气得抓狂，跟了过去："该死的狐妖，你以为你是谁啊？态度这么恶劣！"

白夜光坐在阳台的栏杆上，咬着苹果没看他："这跟你没关系。"

林亦天气愤地质问道："那你干吗跟我成为契约人？既然和我成为契约人，又老跟我玩什么保密？"

白夜光回过头看林亦天，夜色中看不清他的眼神，却让林亦天一阵紧张，不敢直视。

似乎是思索了一番，白夜光波澜不惊地开口："我只是觉得没必要告诉你跟你无关的事，不过，你要是好奇得睡不着觉，我可以和你讲讲天星家族的故事。"

屋外的阳台上，夜幕已经降临，初夏的空气清爽宜人。

林亦天靠着栏杆，听坐在阳台上的白夜光说起关于天星家族的故事。

五百多年前，有一个名叫天星的女阴阳师，后人都称她为天星大人。她美艳绝伦，聪明绝顶，法术高强，收服了多个式神。

她还创造出多种法术，在魔法界成就了不可磨灭的地位，许多妖怪在她死后仍然拥护她。

她的家族与后人传承了她的魔法能量，隐居于天星山庄，以《天星妖怪录》为家族圣物，将天星家族的荣耀发扬光大，至今五百多年依然为魔法界的高地位贵族，在阴阳师世家中首屈一指。

"天星家族……"林亦天听得津津有味，脑中忽然闪现出班上那两个美貌而神秘的转学生，"对了！白夜光！忘记告诉你了，我们班最近来了两个奇怪的转学生，就姓天星！"

四、混血妖兽

于诗影直到第二天都没有来上课，班上弥漫着一种诡异的气氛。

林亦天有种"我不杀伯仁，伯仁却因我而死"的罪恶感，可是目前还有更多的事情让他顾不了这些。

天星耀和天星雨的名声和地位在学校持续上升，但大多数人只敢远观不敢靠近。没有人知道他们背后有怎样的故事，但因为这样他们才更加耀眼迷人。

而在昨天之前，林亦天也是不知道的，他们居然有那样神秘而荣耀的身份。

那么分析下来，他们转学来新圣中学的目的也许就是为了他无意间拾到的那本《天星妖怪录》。

"你不是说那本书是你的吗？为什么天星家族的圣物会在你那里？"林亦天昨晚在家时曾追问过白夜光。

白夜光淡淡地回道："我从我师父那里偷来的。"

白夜光说到"偷"这个并不光彩的字眼时竟然自然坦荡，林亦天忽然不知道该怎么问下去。

他对这个莫名其妙出现在他世界的契约者，实在有太多不了解。

"我是一个孤儿，是师父收留了我，长大之后我就当了妖界的赏金猎人。"

轻描淡写的一句，却让林亦天的心蓦然一紧。

这是白夜光第一次向他坦露身世。

"三个月前，天星家族举办了一场天星少主的受封大典，打开了天星山庄的大门，邀请了魔法界的各大名流参加。我师父就是在那个时候偷走《天星妖怪录》，可是连他也打不开这本魔法画册。"

白夜光看向林亦天，银灰色双眸十分深沉："所以我第一次见到你时，才那么震惊——你居然能打开《天星妖怪录》。而那些妖怪之所以会全跑出去，应该是因为天星大人死后，太久没有人打开《天星妖怪录》，原来的封印失效了。"

"原来是这样啊，难怪上次收服千面歌姬的时候，你叫我画封印……"林亦天垂下眼，默默思考。

这只性情古怪恶劣的狐妖，从认识以来就没给过自己什么好脸色，但此时林亦天心里却因为他难得的信任而小小雀跃。

虽然还不知道白夜光和他师父有什么纠结的关系，为什么白夜光会偷《天星妖怪录》，但林亦天觉得，只要白夜光把他当成朋友，总有一天会告诉他的。

现在，据他们两个得到的信息综合分析，天星耀和天星雨就是天星家族的传人，很明显，天星耀应该是那个拥有天星徽章的天星少主。

林亦天不禁纳罕，难怪天星耀气质高贵不凡，原来他是天星家族的太子爷。

但是，那天天星耀为什么要帮他解围呢？

那一句"我相信"，他到现在回想起来，都觉得不可思议。

背后挑拨换班花那件事，以及转学那天的戏弄，多半是天星雨设计的，现在知道他们的身份也可以理解是为什么了。但是，天星耀为什么要帮他？

"天星家族既然把天星耀和天星雨派出来，还转学到你们班，就一定了解了不少我和你的情况。所以目前看来，我不适合再出现在你们学校，而且你最好也假装不知道他们的身份。因为，我还需要你帮我一个忙。"

"干什么？"

"从天星耀那里把天星徽章偷过来。"

"什么？"林亦天额头挂上几道黑线，"难道你打算让我跟你干一样的行业？不行，我不干！"

白夜光盯着他："你必须干。最近我接了一桩生意就是要偷到天星徽章，而且现在那只妖怪也正在找我，所以我必须得到天星徽章。"

"不行，你这只阴险邪恶的狐妖！你怎么能逼我当小偷呢？太坏了！"

看着抓狂的林亦天，白夜光眼底有着微微的笑意，但是语气仍然不屑："喂，我可从没说过我是什么好人啊，但你已经是我的同党了，不行也得行。"

被小偷逼着当小偷，这让林亦天第二天上课时都心怀不安，他完全没有听老师在讲什么。

其实他可以拒绝，可为什么看着白夜光的眼睛，他没有坚持到底呢？

一定是这小子施了法术吧!

要怎么接近天星耀偷到天星徽章呢?他想了很久,终于想了一个看似可行的办法。

放学后,看着天星耀和天星雨走过走廊,林亦天鼓起勇气:"天星耀同学,请等一下。"

天星雨回头看到他,眼中闪过诧异,随即若无其事地微笑着,一如常态。

天星耀淡淡地看了他一眼,问道:"有什么事?"

林亦天硬着头皮笑眯眯地走近,拿出他的数码相机:"上次的事谢谢你了,我很崇拜你,可不可以和我一起照张相?"

"不可以。"清冷从容的声音拒绝了他的提议,天星耀没有看他,带着肩膀上的白鸽转身离开。

林亦天大受打击,僵立在原地,突然有人在背后拍他的肩,伴随着任枫那熟悉的笑声:"你不是对天星耀有企图吧?"

林亦天更窘了,一巴掌拍开任枫的手:"滚!"

回家的路上,林亦天一边摆弄手里的数码相机一边郁闷,他可是把他最宝贝的东西拿出来献媚了,人家却连正眼都不看一下,这叫他情何以堪。

沿街走着,林亦天突然感觉到一丝妖怪的气息。循着这气息看过去,他看到街边树下的休息椅上坐着一只妖怪。

这只妖怪高高瘦瘦,长着尖尖的兽耳和棕色的兽面,穿着精致的黑色制服,模样虽然不大好看,却透着几分贵族气息。

《天星妖怪录》在白夜光那里,记得他还说过有妖怪在找他……

林亦天赶紧按住右手左侧的那个月亮形印记,告诉白夜光他的位置。

他一边传递消息,一边向那只妖怪走过去,然后尽可能温和地微笑:

"请问，我可不可以帮你拍一张照片？"

黑衣兽人诧异地抬头："你能看到我？你……不怕我吗？"

林亦天眨着眼卖萌，声音听起来格外天真无邪："不怕啊，你看起来很有贵气，又不像坏人。"

"是吗？"黑衣兽人微微笑了，打量着林亦天和他手里的相机，"我还从没拍过照片呢。"

拍马屁果然管用，现在只要拖延时间等白夜光来就好了，林亦天感觉阴谋得逞，继续笑眯眯地说道："我最拿手的就是拍照了，一定让你满意！"

林亦天原本以为，别人不让他拍照是不幸之事，但不久之后他才知道，让他拍照才叫不幸之事。

当然，前提是拍照对象是这种完美主义的妖怪。

"这张不行，后面的垃圾桶被照进去了。"

删掉，重照。

"这张角度好像不太好，比例看起来不协调。"

删掉，重照。

"这张好像太暗了，表情看起来很奇怪。"

删掉，重照。

……

真是匪夷所思，一只从没照过相的妖怪，却有这么高的要求。在等白夜光出现的十分钟里，林亦天不停地按照黑衣兽人的要求重拍，却没有一张让他满意。

"林亦天，给你《天星妖怪录》！"

终于等到白夜光出现，林亦天接过白夜光扔来的《天星妖怪录》，发现书上那个金色星星徽章正闪闪发光。

林亦天打开书，书自动翻到发光的那一页，上面果然画着那个黑衣兽人的图形。旁边的文字写着：

混血妖兽，多种兽族的混血妖怪，在兽族妖怪中有着尊贵地位，能操纵多种法术，喜欢对一切追求完美。

"原来你……"混血妖兽的目光扫过林亦天，脸色变得阴沉，"原来你们就是打开《天星妖怪录》的人，真没想到。"

白夜光挑眉："你没想到的事多着呢。你不是要找我吗？你现在还想要绿光宝石吗？"

混血妖兽诧异地看着他："你就是那个预定了绿光宝石的赏金猎人？"

"没错。"

"你凭什么？"混血妖兽上下打量他，而后微扬起下巴，"如果你知道我是谁的话，就应该知道我在兽族妖怪中的地位，你们狐妖族的族长都必须尊称我为长辈，你凭什么跟我抢绿光宝石？"

银灰色双眸内燃起怒意，白夜光嘴角扬起一丝不屑的笑："就算你是五百多年前的老妖怪又怎样，这次你还是没想到。我是我，狐妖族早就跟我没有任何关系。"说着，他伸手甩出一团蓝火。

混血妖兽明显没料到白夜光会突然出手，躲闪不及，被蓝火擦过衣袖。他连忙狼狈地灭掉火，闪到一边怒视白夜光："好个大逆不道的狐妖，你会为你的行为付出代价！"

说着，他甩出一团更大的火焰。

那火焰分成无数个小火焰团，在空中飞绕着袭向白夜光和林亦天。

白夜光及时闪身躲开火团，却看到林亦天吓得呆愣在原地，连忙扑过去把他扑倒在地躲开了火团。

而等两个人再起身的时候，混血妖兽已经不见踪影了。

ᨓ五、绿光宝石

直到星期五，于诗影还是没有来上课，班上甚至有传言说她打算转学。

林亦天说："就为这么点儿破事转学，至于吗？其实除了她自己，有谁在意这些破事呢。"

任枫耸耸肩："依照于诗影那种习惯在人前风光的个性，这就说不定了。她一定是觉得那天的事情让她很难堪，所以不想继续待在这里了。"

"也是，那该怎么办呢？"

"唉，她想转学你能怎么办啊，你又不能让她忘记那些让她觉得难堪的事情！"

可是，不管怎么样，林亦天觉得自己需要做点儿什么，让她忘记那些让她觉得不堪的事情……

想了很久，林亦天终于想到了一个大胆的计划。

中午放学时，天星耀和天星雨正好走在林亦天前面，他鼓起勇气，跑过去叫住他们："请你们过来一下，我有话跟你们说！"

三个人来到了一个僻静的角落，林亦天单刀直入："其实我知道你们是谁，就像你们知道我一样。我不明白你们一直这样隐藏着身份到底想干什么，但是于诗影跟这些事没有任何关系，我不想把无关的人牵扯进来。"

天星耀和天星雨明显没料到他竟然会如此直接地捅破这层纸，虽然他们表面上还算镇静，但眼神都表现出不同程度的诧异。

天星耀垂下眼抚了抚肩膀上的白鸽，声音依然冷静："然后呢，你想改变什么？"

见他也如此直接，林亦天就更直接了："请把你的天星徽章借给我一天。"

"你要借天星徽章？"天星雨惊讶地看着他，"你不会不知道天星徽章对天星家族的重要意义吧？"

林亦天当然知道。白夜光说过，拥有天星徽章的人，就代表有权随时调动天星家族的势力。那是天星少主荣耀和权力的象征。

可是事到如今，他也想不到更好的解决办法了，他又做不到当小偷，就算他鼓起勇气去当小偷，天星耀这样聪明的人显然也不会让他得逞，所以他还不如豁出去搏一搏。

"好，就借给你一天。"

淡然却清晰的一句话，让其他两人都震惊地看着他。

天星耀却还是垂眸，轻轻抚摸白鸽："可是一天之后，你要是还不了，必须将天星家族的《天星妖怪录》奉还。"

这一句立马让林亦天像被捅了一刀的感觉，他握了握拳："好，我答应你。"

天星耀抬起眼，朝他伸出手，那掌心里的天星徽章和《天星妖怪录》封皮上的金色星星徽章一模一样。

林亦天接过之后，说了句"谢谢"就很快转身跑了。

"哥，那可是天星徽章啊，你为什么那么相信他？"看着林亦天的背影远去，天星雨终于憋不住问出口。

天星耀转身走向另一边，淡淡地说道："无关相不相信他，是我的东西我迟早要拿回来，只是现在需要暂时等一等罢了。"

绿光宝石，狼人族的至高宝物，拥有强大的魔力，能提升身体能量或改变身体状态。它还有一个最奇妙的作用，就是可以读取、抹除、控制人的记忆。

白夜光和混血妖兽都想得到它，林亦天虽然不明白他们各自具体的目的是什么，但他也想得到它，目的是为了用它的力量让于诗影忘记关于"挑拨换班花"的所有事情。

白夜光曾答应过狼族首领要以天星徽章交换绿光宝石，现在林亦天虽得到了天星徽章，但他也答应天星耀在一天之后奉还，食言的话就得把《天星妖怪录》给他。这条件，白夜光是绝不可能答应的。

"你不能交出《天星妖怪录》，我也不能真的把天星徽章给那些狼人！"

"你以为那些狼人得到了天星徽章又能怎么样，没有绝对的实力，你以为他们真的可以随时调动天星家族的势力吗？只有铁火野和你这没脑子的小鬼才会相信。天星耀就是明白这一点才把天星徽章借给你的。"

"……不管你怎么说，反正天星徽章我明天一定要还给天星耀！"

天星徽章、绿光宝石、《天星妖怪录》，这三件宝物，他们一件也无法舍弃想全都得到。这明显是太贪心，他们不得不想个万全之策。

星期六的上午。

为了不让那些妖怪认出他是人类，林亦天戴上眼镜、帽子和口罩稍作乔装之后，和白夜光一起来到和狼人们约好的树林。

"你们要的天星徽章我已经带来了，绿光宝石呢？"

面对狼人首领铁火野和那些狼人，白夜光的眼神犀利而冷漠，展示出手中的天星徽章。

一个狼人捧出一个金色盒子，打开，里面便是莹莹闪光的绿光宝石。

双方都互相盯着自己想要的目标，还未来得及进行下一步动作，四周忽然刮起一股大风，吹起树叶和沙石，让所有人不禁伸手遮眼，甚至被吹得东倒西歪。

幸好林亦天戴了眼镜、帽子和口罩，他比一时乱了阵脚的其他人都先看到混血妖兽的出现。

混血妖兽掠过树梢飞跃而来，直奔那只狼人手中的金色盒子。

林亦天赶紧抢在他之前扑过去，将那个金色盒子抢了过来。

混血妖兽大惊失色的同时，其他人也发现了他，随后大家便看到林亦天已将金色盒子抢到手。

在众目睽睽之下，林亦天万分惊恐，迅速做了一个艰难的决定，把那个鸟蛋大小的绿光宝石一口吞下。

这下，不只是狼人们大惊失色，连白夜光都惊讶地瞪着林亦天，下一秒，白夜光眼看着混血妖兽抓起林亦天的手臂飞奔而去。

"林亦天！"白夜光想跟上去，却被狼人们团团围住，说他们的绿光宝石已经被抢走，让他交出天星徽章。

白夜光嘶吼一声，爆发出的能量让纠缠他的狼人们瞬间都弹开。

他现出了原形，是一只巨大的银狐，那银灰色的双眸变成血红色，毛茸茸的大尾巴竖起，呈现出发怒的战斗状态："都给老子滚开！我现在没时间跟你们啰唆！"

林亦天被混血妖兽抓着带出了树林，到了郊区的小路上才停下脚步。

混血妖兽一手拽住林亦天的胳膊，皱眉伸出另一只手："小子，把绿光宝石交出来！"

林亦天咽了口唾沫，确定绿光宝石已经被他吞下肚了，才稍有底气地扬起头："已经被我吃掉了！除非你告诉我你为什么需要绿光宝石，我就考虑帮你。"

混血妖兽哼了一声："你跟那个白夜光是一伙的，都不是什么好人！"

"那你呢？你今天的行为又算是好人吗？"

"……"混血妖兽松开拽他的手，扭过头去，"是狼人族和白夜光对我不敬在先，我才会想抢绿光宝石的。"

林亦天揉了揉被弄痛的胳膊："我们只是各自立场不同而已，再说了，就算是之前，我也没骗过你。可是，你现在却劫持了我，你觉得你算是好人吗？"

混血妖兽沉默了。

林亦天无奈地叹了口气，伸手想轻拍下他的头："好了，告诉我吧，你到底怎么想的？"

就在他的手触碰到混血妖兽头的一瞬间，他感觉仿佛有一股力量从身体里蹿起，那力量从他的手连接到混血妖兽的头，给了他一种奇妙的感受。

他仿佛在一瞬间进入了混血妖兽的记忆。那是混血妖兽的过往和心事。

五百多年前，他作为一只多种兽族的混血妖怪，在兽族妖怪中有着尊贵地位。也因为这种特殊的身份，他被多种兽族妖怪教授各种法术，并且严格要求。

他爷爷和父亲是狮妖，要求他威武霸气；他奶奶是狐妖，要求他聪慧狡黠；他母亲是鹿妖，要求他美貌优雅……

似乎从小到大，他只有努力得到他们的肯定才会被喜欢。为了得到肯定，他力求一切做到完美。

他从小勤练功，妖力是全家族平辈中最厉害的，让众妖望尘莫及，可是慢慢长大后，他发现并不是只要努力就会得到别人的肯定。

比如，他怎样努力都不可能拥有漂亮的容貌，那并不是他的错误，他却必须承担后果，忍受别人评价他的长相。

连长相漂亮的母亲也失望地叹气："你的父亲当年就因为我长得漂亮才娶我，没想到你长得一点儿都不像我。"

他十分伤心，于是离开了他的家族，来到了外面的世界。

没想到的是，他后来遇到了阴阳师天星，被收入了《天星妖怪录》。

五百年后，因为林亦天无意间打开《天星妖怪录》，他意外地从《天星妖怪录》逃了出来。

他想回到狮妖家族，却发现以前的狮妖家族已经面目全非，有了新的首领、新的狮妖，他的家人不知道去了哪儿，也许他们早就忘记他了。

他觉得很失落，从别的妖怪那儿得知绿光宝石可以改变他的样貌，他决定寻找绿光宝石让自己变成全新的自己。

他觉得只有更完美的自己，才会被别人喜欢，才会活得更好。

林亦天拿开手时，那种奇妙的感觉也随之消失了，那一股力量也流回了他的身体，震得他头皮发麻，好像灵魂都跟着摇晃了几下。

恢复平静之后，他明白那是绿光宝石产生的作用，他刚刚读取了混血妖兽的记忆。

混血妖兽看着他的眼神十分惊讶："为什么你这么快就可以运用绿光宝石的力量？而且还有一种莫名熟悉的感觉……"

"我也不知道啊……"林亦天皱眉揉了揉太阳穴，"说正事吧，你想得到绿光宝石就是想改变你的不完美吗？"

"……"混血妖兽抿唇扭开了头。

"如果是，我可以帮你。但在这之前，我想和你一起去看一个人。"

林亦天带混血妖兽去了于诗影家，混血妖兽带着他飞上那幢高级公寓的阳台，从窗户可以看到里面宽敞华丽的屋子。

漂亮的女生正躺在柔软的大床上听音乐，母亲把餐点端进来放在一边，温柔宠溺地劝她吃饭。她却十分嫌恶，表示心情不好不想吃，母亲越劝她就越烦，脾气越来越大。

"她是我们班最漂亮的女生，可就因为现在出现了比她更漂亮的女生，她觉得受到侮辱就不去上学了。你觉得她这样快乐吗？"

"是因为她不够完美吗？

"这和完美没关系。她已经很漂亮了，但总会有比她更漂亮的人。你也已经很优秀了，但总会有比你更优秀的人。难道就因为这样，你就觉得不能接受了吗？"

"我只是希望我的努力能得到最好的结果，我也不知道自己为什么那么在乎别人对我的看法……"

"我并不觉得你的价值是来源于别人对你的评价。如果太在意别人的看法而过于要求自我，就只会总是对自己不满。你的快乐只能是你自己给的，而不是总要别人赋予。一个人会有好的一面，也会有不好的一面，但只要自己觉得满足，那就是最好的。"

"我想我懂了。"良久，混血妖兽抬起眼，眼神温柔而诚恳，"谢谢你，现在让我回到《天星妖怪录》里去吧，都过了五百多年，这里已经没有属于我的地方，也许那里才是真正属于我的地方。"

林亦天微笑着点点头，按了按右手左侧的那个月亮形印记，告诉白夜光他的位置。

当《天星妖怪录》中画着混血妖兽原本灰暗的那一页变成彩色时，白夜光抬头看向林亦天："为什么你能劝得了这只难搞的混血妖兽，而你那个同学却还必须要用绿光宝石来让她忘记那一段记忆？"

林亦天用手指在彩色画面上画下了星星封印，想了想，说："有时候熟悉的人比陌生的人更难沟通吧。"

Chapter 03
这一刻开始我们就是你的精灵妖怪神

"我希望总有一天我能改变自己的命运，不再受制于任何人，
所以我想用《天星妖怪录》改变我的命运。"

——白夜光

一、精灵妖怪神

星期天的下午，林亦天在宝华书店里等昨晚通过电话约好的天星耀，准备将天星徽章还给他。

宝华书店是他父母经营的书店，但因为前段时间外婆生病，父母忙着照顾外婆，这些天书店大多都由店里的店员打理。

本来林亦天是想随便约在快餐店见面的，但是天星耀指名说要在他家的宝华书店，说他正好需要一本书。

由此看来，天星耀早就把他的底细查得很清楚了，那么他们也一定知道白夜光和《天星妖怪录》在他家里。

林亦天不明白的是，既然他们早就什么都知道，为什么转学到新圣中学这么多天来，除了天星雨的那些小暗算，他们都一直按兵不动？直到前天他捅破了那层纸，他们也没采取什么行动，还借给他天星徽章，这太令人匪夷所思了。

白夜光对此也很疑惑，很想知道他们到底玩什么花样，于是跟着林亦天一起去了宝华书店。但是白夜光故意躲在仓库里不露面，让林亦天机灵点儿见机行事，有什么事就按月亮形印记告诉他。

他们约好的时间是下午两点，林亦天和白夜光提前一个小时就去做准备了。到了下午两点，天星耀和天星雨如约而至。就在那个时候，林爸爸打来电话，林亦天却忙着招呼天星耀和天星雨，没有接电话。

宝华书店分为两层楼，主要有三大块区域：一块是各类书籍，一块是各类音像，还有一块是咖啡馆。一般店里的顾客买完东西就到二楼的咖啡馆休息，他们可以在里面喝饮料、看书、听音乐。

林亦天平时周末没事的时候，也喜欢来这里，他觉得待在这里特别自在。可是，这次面对天星耀和天星雨他就没那么自在了。

"谢谢你将天星徽章借给我，现在完璧归赵。"坐在桌前，将天星徽章推至对面的天星耀面前，林亦天尽量笑得礼貌。

天星耀收起天星徽章，目光淡淡地直视林亦天："我要的书呢？"

"呃……你要什么书？"

"《天星妖怪录》。"

"啊？！你那天不是说，一天之后，我要是还不了天星徽章，就要给你《天星妖怪录》吗？可是我现在按时归还了呀。"

"我那天是这么说的，可是我昨天在电话里也跟你说我需要一本书，我需要的就是《天星妖怪录》。"

"你使诈啊！"林亦天拍案而起，"你的意思是说，无论我还不还给你天星徽章，你都要《天星妖怪录》？"

天星耀依然淡定自若，好似君子坦荡荡："迟早的问题而已。"

"那我就不明白了，为什么你一开始不露出真面目？"

"你还不是没有露出真面目，我就是一直在等你的真面目显现。"

林亦天莫名其妙地问道："我什么真面目？你以为所有人都像你们这样虚伪吗？"

天星耀看了他一眼："如果我没猜错的话，你现在身上所带的魔法能量，是因为你昨天把绿光宝石吞下去了。"

林亦天更疑惑了："那又怎样？"

"你能打开所有人都不能打开的《天星妖怪录》，还能吞下绿光宝石并且把绿光宝石的力量控制自如，你觉得这是一个普通人类可以做到的吗？"

天星耀盯着林亦天，瞳孔漆黑而深邃，让林亦天感觉自己好像被吸住。

"这些足以证明，你不仅仅是林亦天而已，你身体里还有另一个人。"

林亦天怔住，好几秒才反应过来，一拍桌子："你在胡说什么？我就是我自己！”

手机忽然响起，林亦天一看手机屏幕，还是爸爸，于是拿起手机走到一边接通：“爸爸，我现在有点儿事，你怎么一直打电话给我？”

“亦天，你快点儿来医院一趟，你外婆……可能快不行了。”

外婆！林亦天心里一紧，挂上电话就跟天星耀和天星雨告辞：“我现在有事必须要去医院，你们自便吧！”

虽然知道外婆最近一直生病住院，可是他从没想过，外婆会“快不行了”。他必须赶快见到外婆。

林亦天匆匆跑出书店，想到对面去坐出租车，可是因为心急如焚，他过马路都粗心大意。

就在他抬头惊觉车辆靠近而难以躲避的时候，一股温柔却有力的力量将他包围及时卷向路边，还伴随着一个魅惑的男声：“过马路要小心点儿哦。”

心脏紧张得“怦怦”跳，林亦天在路边站了好半天才平复心情，睁开眼睛，他看到两个奇异美丽的人。

站在面前对他笑的是一个男人，红色短发，肤色健康，棕色双瞳，长相俊朗帅气。

站在一边的是一个女人，浅绿色长发，肤色雪白，碧色双瞳，气质清新淡漠。

林亦天瞪大了眼：“你、你们……你们是妖怪？”

红发男子笑着摇摇头：“不，我们是妖怪神，跟普通妖怪还是有很大区别的。我叫炎冰，她叫青雪，我们是天星大人的精灵妖怪神。”

又是和天星有关的……

精灵妖怪神？但是和他有什么关系呢？

"啊……刚刚谢谢你救了我。"惊讶之余,林亦天不知该说什么好。

炎冰笑眯眯的,热情地说道:"不用谢,因为我们本来就是来找你的,为你服务是我们的职责。以后只要你有需要,随时都可以叫我们的名字,我们会尽一切努力满足你。"

林亦天更惊讶了:"呃……为什么啊?"

青雪的声音冷冷清清,眼神却坚定:"因为从我们见面的这一刻开始,我和炎冰就是你的精灵妖怪神,只为了守护你和《天星妖怪录》而存在。"

只为了守护我和《天星妖怪录》而存在?

林亦天内心一阵震颤,稍微平复下来后,说道:"我现在暂时没有时间弄清楚事情的因果,但如果你们说的是真的,请你们带我去医院见外婆吧,我现在要赶快见到外婆。"

"这个当然没问题。"炎冰笑着拉起他的手,"我们走吧。"

话音刚落,他们三人便在一团光中变成三个小光点,快速地飞向天空。

五月的下午,阳光明媚,街边的树木葱绿,街道上的车如流水。

天星耀和天星雨站在街边,看着天空中那很快消失的三个小光点,神色有些复杂。

"哥哥,青雪和炎冰果然出现了,看来他们应该也确认了林亦天的真面目。不过,如果他们不能跟我们统一立场,我们就需要想些对策了。"

"我早就等他们出现了,他们应该也在等我们。"

天星雨看向天星耀:"那哥哥已经有对策了吗?"

"伺机而动。"天星耀轻抚肩膀上的白鸽,优雅地离开。

为什么总是这样,从来都不知道他的真正想法……

看着天星耀的背影,天星雨温文秀美的脸上闪过一丝阴霾。

❦ 二、亲人

白夜光在宝华书店的仓库里等了很久，都没等到林亦天传递的消息，他不知不觉就睡着了，一觉醒来已经接近黄昏了。他走出仓库，在宝华书店找了一圈儿，都没找到林亦天的身影。

应该没出什么事吧？但是平静得太不正常了……

站在街边，正思考着到底是应该去找林亦天还是应该先回去的时候，白夜光突然听见有个细小的声音叫他，传出声音的地方在离他不远处的绿化带。

"白夜光大人。"

白夜光感觉那应该是他的眼线妖怪，便走了过去，对着一棵大树说："出来吧。"

一只鼓着双眼的蛤蟆妖怪从树后跳了出来："白夜光大人，我有一个消息要卖给你。"

白夜光抛给蛤蟆妖怪一粒金豆："说。"

"狼人族放出话来，说你白白骗走了他们的绿光宝石，如果你不快点儿归还，他们就毁掉你在妖界赏金猎人的名声。"

白夜光哼了一声："无所谓，老子早就没有名声可言了，也早就不想当赏金猎人了，我现在做的就是最后一单。"

"白夜光大人，你还是小心为上吧，狼人族损失了绿光宝石，一定不会善罢甘休的。"

"这就不劳你操心了，再见。"

白夜光转身离开，边走边想，他一个妖来去自由也不怕那些狼人，但是林亦天呢，他们会不会找他的麻烦？

林亦天今天一下午都没找他，不会真的出什么事了吧？终于，他还是按下左手右侧那个月亮形印记，寻找林亦天的踪迹。

这是白夜光第一次主动找林亦天。

白色肃穆的医院病房里挤满了病人的亲属。

病床上，躺着一个面色枯萎却眉目安详的老人。

"请节哀。"护士将白色床单盖上。

林亦天赶来的时候，正看到这一幕，护士们将盖上白床单的病床推向太平间。

"外婆……外婆！"林亦天激动地扑过去，却被一旁的爸爸抱住："亦天，外婆刚刚已经去了。"

"怎么会这样？怎么会这么突然？"

妈妈在旁边泣不成声，爸爸摸着林亦天的头，无奈叹气："本来这几天外婆都还好好的，没想到今天中午吃饭时病情突然发作，送进去抢救了几个小时还是没成功。"

"可是，我都没见到外婆最后一面……"林亦天泪流满面。

这时候，他突然感觉到右手左侧那个月亮形印记隐隐痒痛，好像有一股力量在牵扯。

白夜光……

他握了握拳，用意念传递出消息。

白夜光，我在这里，快来找我！

白夜光找到林亦天的时候，林亦天正站在医院的楼道里等他。

一见到他，林亦天就激动地扑过去扯住他的袖子，泣不成声地说："外婆去世了，我都没来得及见她最后一面，你能不能帮帮我？让时间倒流，让我见外婆最后一面！"

白夜光被他的反应吓了一跳，但是没有推开他。

感觉到林亦天颤抖的身体，他低声说："妖不能影响人类正常的生死兴衰，我没办法帮到你。"

林亦天失去了最后的希望，滑坐在地上，眼泪一下子流了下来。

小的时候，父母的事业刚起步，宝华书店各方面都还没规划好，他是由外婆一手带大的。

那时候，外婆不仅每天接送他上学，给他做饭吃，还每天都给他讲古老稀奇的故事，陪他度过快乐的童年时光。

长大后的他，对各种稀奇古怪的东西感兴趣，也是受到外婆的影响。而他怎么也没想到，待他这么好的外婆，他却来不及见她最后一面。

"要不是去见天星耀他们，说不定我还可以见到外婆最后一面的……"

林亦天满心悔恨，坐在地上呜咽着，絮絮叨叨地说着关于他和外婆的事。

白夜光在他身边坐下，第一次看到他哭成这样，忍不住伸手拍拍他的背："其实你外婆就在你心里，一直都没有离开。你不像我，我根本不知道我的亲人是什么样的。"

这温柔的声音，一点儿都不像那个恶劣狐妖啊。

林亦天内心一震，抬起泪眼看他。

医院楼道的玻璃窗外，夕阳西下，黄昏的阳光透过玻璃在他们身上洒下朦胧的颜色，像是化不开的悲伤，倒映在那银灰色双眸里。

蓝发蓝袍的少年坐在地上，语气依旧云淡风轻，又似乎是多年伤痛习惯后故作不在意的淡然。

"可能我没办法懂你的伤心，因为我从一出生，就被父母抛弃了，从小被其他狐妖欺负，根本不知道亲人是什么。后来我遇到了师父，我想变得更强，于是跟着他当了赏金猎人，在师父的教养下，我成为现在的样子。可是，这却并不是我想成为的样子。我希望总有一天我能改变自己的命运，不再受制于任何人，所以我想用《天星妖怪录》改变我的命运。"

听他揭开他的伤疤来安慰自己，林亦天忘记了哭泣，愣愣地看着他："改变你的命运？《天星妖怪录》可以改变你的命运？"

"嗯，我从师父那里知道的，所以才从他那里偷走了《天星妖怪录》。"

又一次意外地听到白夜光说起他的身世，林亦天心里很感动，感觉自己对白夜光又多了解了一些，离他又近了一些。

最重要的是，他肯在自己难过的时候说这些，那一定代表自己对他有一定的重要性，他不想让自己难过。

"白夜光，谢谢你陪我。"林亦天抬手擦了擦脸上的泪水，"我相信外婆曾经带给我的东西没有人能够带走。"

白夜光看了他一眼，无声地轻轻点头。

玻璃窗外的夕阳，越来越远。夜幕即将降临，但是再过不久，阳光还会再次来到。

三天后，是外婆的追悼会。

灵堂上，花圈的中心是慈祥的外婆的黑白照片。林亦天和父母穿着黑衬衣、戴着白花，和所有亲属一起送别外婆。

殡仪乐队在大厅中奏鸣哀乐，宾客们在这乐声中瞻仰外婆的遗容，献上菊花以表哀思。

有一只色彩缤纷的蝴蝶绕着菊花飞舞，仿佛也被众人的哀思感染，它飞向了殡仪乐队。

没有人注意到这只蝴蝶，只有林亦天感觉到一丝异常的气息。

殡仪乐队演奏的乐声越来越悲戚伤感，仿佛锥心一般。不仅是老人

的亲属，连不太亲近的宾客听到这哀乐都忍不住落泪。

林亦天听着这音乐更是回想起童年往事，以及外婆曾经对他的种种关怀，感伤人生的生离死别世事无常。

果然，音乐是所有艺术中最能打动人的，他看到几乎所有的在场来宾都忍不住伤心落泪。但是，那一丝异常的气息让他警醒，他感觉到不对劲。这哀乐所散发的气息似乎不太寻常。

好像……有妖气！

"妈妈，你先不要哭了，注意招呼宾客。我去一下洗手间。"林亦天塞了几张纸巾到哭得停不下来的妈妈手里，离开了亲属队列。

循着那一丝不寻常的气息，穿过伤心落泪的人群，林亦天来到了殡仪乐队那边，发现了那只色彩缤纷的蝴蝶。

它在殡仪乐队的乐器上飞舞，散发着一股魔力。

原来是只蝴蝶妖怪，道行不浅啊，竟然跑到我外婆的追悼会上闹！

林亦天微眯了眯眼，带着怒气盯着那只蝴蝶。

那只蝴蝶似乎发现了他的存在，缤纷的翅膀发出淡淡的七色光芒。接着，它扇动着翅膀飞离了殡仪乐队，飞向殡仪大厅的门口。

当它一离开殡仪乐队，哀乐的曲调即刻恢复平常，失去了煽动悲哀情绪的力量。所有在场的伤心宾客像是忽然清醒过来，拿出纸巾擦脸，同时不明白自己刚刚为什么那么失态。

"妖怪，给我站住！"林亦天急忙追了出去，追到外面的走廊。

他看到那只蝴蝶正越飞越远，同时还留下一个清脆、娇美又带着嗔怒的声音："哼，好心帮你们奏乐送葬，居然不识好歹。"

三、谁是谁

"我今天又碰到一只蝴蝶妖怪，那妖怪竟然在我外婆的追悼会上施展妖术，太过分了！"晚上回到家里，林亦天坐在房间的床上，忍不住对坐在一旁的白夜光抱怨。

"那你怎么不告诉我？说不定那只蝴蝶妖怪是《天星妖怪录》上的妖怪。"

"那是我外婆的追悼会啊，送外婆的最后一程，我总不可能找你去那里抓妖怪吧？下次见到那只妖怪再说吧。"林亦天想了想又说，"说起来，最近碰到的妖怪真的越来越多了。外婆去世的那一天，我还碰到了两只妖怪，他们跟我说了一些奇怪的话，但是因为我那时急着去医院，也没时间弄清楚。"

白夜光看了林亦天一眼，林亦天皱着眉满脸倦容。

白夜光突然想起，这小子以前似乎是无忧无虑的，哪里有过这样疲惫而忧伤的表情。

"别想了，你看看你的黑眼圈比什么妖怪都吓人，早点儿睡吧。"

"最近太累了啊。"林亦天揉了揉脸，无奈叹气，"唉，明天还要上课。"

等到林亦天房间的灯终于熄灭，白夜光躺在屋外阳台的躺椅上，看着夜幕的星空，却怎么也睡不着。

好像对林亦天的了解越来越多，妖怪对他的影响也越来越大，这样真的好吗？

为什么在感觉温暖的时候，也同时感觉不安？

这种感觉，白夜光以前从来没有过。

因为他没有亲人，所以他不用在乎任何人，也不被任何人在乎。

除了……那个所谓的师父。

一个穿着黑披风、遮住面容的身影在他脑海中一晃而过，白夜光感觉更加不安。自从他偷走了《天星妖怪录》，他和师父好久都没有联系了，最近也没有得到师父的任何消息。

虽说师父收养他以来一直就神神秘秘的，但是也从来没有出现过这样的情况。

这好像是暴风雨前的平静，很诡异。

但是他唯一担心的是……

他看了一眼那透着安静睡梦的房间，慢慢闭上了眼睛。

"阿天同学，你这几天还好吧？"早上，林亦天刚进教室，任枫就关切地凑过来，"唉，没想到于诗影那家伙像没事人一样回来上课了，你家里又出事了。"

"没事，都过去了。"林亦天低头把书包塞进抽屉，不想再多说话。

"林亦天同学，可以请你出来一下吗？"天星雨出现在他的桌边。

林亦天不想理她，没有抬头。

天星雨微微笑，站着没走，眼底却有一丝暗讽，小声地说："难道，你是希望我把你的事当众说出来吗？"

林亦天抬起头，皱眉问道："你什么意思？"

"你出来一下就知道了。"天星雨转身走出教室。

林亦天犹豫了一下，还是跟了出去。

在僻静的校园角落，天星耀正坐在休息椅上，用修长手指逗弄着停在手腕上的白鸽。

见到天星雨带林亦天来，天星耀一扬手，放那只白鸽飞了。

林亦天直接问道："你们到底想干什么？"

天星耀面无表情地反问："那只狐妖呢？"

林亦天一愣，不知如何作答。

天星耀淡淡说道："如果现在交出《天星妖怪录》，我还可以饶他一命，把他关进天星山庄的锁妖塔。"

林亦天瞪起眼："我凭什么听你的？"

天星耀走近他，深邃的目光看着他，沉声道："这可由不得你，谁让你的身体里装着天星大人，虽然你并不是她。"

我的身体里装着天星大人？什么跟什么啊？

林亦天费解地看着他："你在说什么？我听不懂。"

天星雨冷冷地笑了："你是真傻，还是装傻啊，你那天不是已经见过精灵妖怪神了吗？"

精灵妖怪神……

"不，我们是妖怪神，跟普通妖怪还是有很大区别的。我叫炎冰，她叫青雪，我们是天星大人的精灵妖怪神。"

"不用谢，因为我们本来就是来找你的，为你服务是我们的职责。以后只要你有需要，随时都可以叫我们的名字，我们会尽一切努力满足你。"

"因为从我们见面的这一刻开始，我和炎冰就是你的精灵妖怪神，只为了守护你和《天星妖怪录》而存在。"

回忆起那天遇到精灵妖怪神时他们说的话，林亦天更加迷茫了："你是说，青雪和炎冰？"

天星雨挑眉看着他："对，他们应该有告诉你，你的真面目吧？你的身体里装着天星大人的灵魂，也就是说，你是天星大人的转世。"

天星大人的转世？！

林亦天震惊了半天才明白天星雨的意思，但他想到那个传说中的伟大阴阳师，却还是不敢相信："不可能……我怎么会是天星大人的转世？再说，天星大人可是女的啊，我是个男的！"

　　"他们说得没错哦，你就是天星大人的转世，转世是天道随机挑选的，不能自主选择性别。"

　　随着这个魅惑柔和的声音响起，一红一青两只小精灵飞了过来。

　　在三人吃惊的瞬间，他们化成了两个人形，翩翩而落，正是青雪和炎冰。

　　炎冰朝林亦天眨了眨眼，笑道："小天，你刚刚有叫我们的名字，所以我们就来了。"

　　青雪抬眼看向一个方向："还有一个人也来了。"

　　林亦天随之看过去，白夜光从转角的梧桐树后，走了出来。

　　蓝发蓝袍，略长的额发遮住了他的眼，看不清他的表情。他是因为担心狼人族会找林亦天的麻烦，才跟着林亦天一起上学的，意料之外地跟踪到这里。

　　但是没有人知道这些，当他再抬起眼时，表情是极其冷酷嚣张的，尤其是他看向林亦天的眼神，让林亦天感觉非常陌生。

　　好像那个曾和他争吵耍无赖、爱吃他做的饭的狐妖，那个曾和他并肩作战抓妖怪的狐妖，那个给过他信任告诉他过往的狐妖，那个曾在他难过时给过他温暖的狐妖，那个把他当作朋友的狐妖，已经消失了。

　　"原来你是天星的转世，林亦天，以后你就是我的敌人！"

　　冰冷的声音让林亦天的心猛地一抽。

　　敌人？白夜光在说什么啊？

　　而白夜光说完这句话，就没有再看林亦天一眼。

　　"《天星妖怪录》我是不会还给你们的。"

天星雨鄙夷地看着白夜光冷笑："笑话，你一个小小狐妖，凭什么这么狂妄？你应该知道，我们天星家族向来与妖族势不两立，尤其是狐妖家族。就算不是如此，你这个小偷也没有资格与我们天星家族为敌！"

白夜光的银灰色双眸冒出怒火，犀利地看向天星雨，嘴角扬起不屑的弧度："老子怎么样都轮不到你来管，你要是闲得无聊就多照照镜子恶心自己吧！"

天星雨明显是从未受过这种侮辱，她瞪着眼气得脸色发青。

正在这时，任枫的声音从不远处的走廊转角传过来："哇，你们三个都在这里呀！"

白夜光看到有人走过来，神色一变，原本随时准备出手的手收进袖中。

白夜光眼看着好像没有看到他的任枫走过他身边，笑嘻嘻地走到林亦天面前："阿天同学，还不快谢谢你的大恩人，刚刚上课老师没看到你以为你又迟到了，幸好小爷机灵说你上厕所去了。"

林亦天被一连串变故刺激得不知做何表情。他看到天星雨和天星耀都在不动声色地调整情绪，便伸手揉了揉脸，生硬地摆出一副白痴的笑脸："呵呵，那我真是要谢谢你的大恩大德了，小人没齿难忘。"

"哼哼，知道就好。"任枫扭头看向另外两人，"我说都已经上课了，你们三个都在这儿干吗呢？老师都让我出来找人了。"

"呃……"林亦天抓了抓头发，"没事，就是前两天天星耀让我帮他带本书来着……走吧，我们快点儿进教室吧。"

林亦天逃也似的往教室走，他知道白夜光在看他，但是他不敢回头。

他并不知道，从这一刻开始，一切都已经回不了头。

从这一刻起，他是天星家族那个伟大的阴阳师——天星的转世。

从这一刻起，他是精灵妖怪神炎冰与青雪认定的主人。

从这一刻起，他和白夜光变成敌人……

❦ 四、变色蝴蝶

无论是伟大阴阳师天星的转世，还是精灵妖怪神的主人，目前对于林亦天都是模糊的概念，他最不能接受的事实是，白夜光的离开。

那天放学回家后，林亦天就发现白夜光已经彻底离开了。

厨房里再也没有谁在胡乱翻找食物，客厅的沙发再也没有谁横躺在那里，房间里的电脑桌前再也没有人霸占在那里，房间外的阳台躺椅上再也没有人睡在那里……

白夜光是真的消失了，伴随着那句"原来你是天星的转世，林亦天，以后你就是我的敌人"从他的世界彻底消失了。

唯一能证明他来过的，似乎只有林亦天右手背上那个红色的月亮形印记。

可是，林亦天却没有勇气用这个契约印记去找他，去问问他到底怎么了，为什么突然把自己当成敌人。

况且，他现在也不能去找他。因为天星耀、天星雨和精灵妖怪神都在找《天星妖怪录》，而《天星妖怪录》被白夜光带走了。

如果他找到白夜光，他们一定不会放过白夜光。

据青雪和炎冰所说，五百年前，他们是天星驯养的精灵，在天星强大灵力的帮助下修炼成为妖怪神，从而获得强大的力量和不朽的使命，誓死效忠天星和她的《天星妖怪录》，直至生命终结。

天星死后，他们就和《天星妖怪录》一起待在天星山庄的神庙里，用他们的灵力守护《天星妖怪录》，除了持有天星徽章的人，他们不让任何人靠近。

按规定，家族圣物《天星妖怪录》代表了整个天星家族的辉煌荣耀，只有在天星家族举行重要仪式的时候才会被请出。

所以，为天星耀举办天星少主受封大典的那天，天星家族请出了《天星妖怪录》，打开了天星山庄的大门，邀请了魔法界的各大名流参加。

也就是那个时候，《天星妖怪录》被一个很厉害的妖怪偷走了。

"所以，你们和天星耀还有天星雨一样，都是为了找回《天星妖怪录》而来到这里？"

炎冰笑着摇一摇食指："也不光是这样哦，我们这次出来，不仅是要找回《天星妖怪录》，也要找你，还要找到偷《天星妖怪录》的妖怪，让他接受惩罚。"

偷《天星妖怪录》的妖怪……

是指白夜光的师父还是白夜光？

林亦天没有问出声。

"我们和他们并非完全一派。"青雪淡淡地说。

"啊？'他们'是谁？"

"天星耀和天星雨，以及其他天星家族的人。"青雪目光沉静地看着他，"我们拥护的主人只是天星大人，也就是你，但前提是你拥有《天星妖怪录》。"

那照这意思说，现在没有《天星妖怪录》的他，也不够资格成为他们的主人了？

就算他真的是天星的转世，可他现世就是林亦天，根本就不是天星啊。

似乎是看懂了他心中所想，青雪又说："现在能操纵《天星妖怪录》

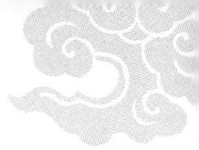

的人只有你，所以希望你配合我们找到《天星妖怪录》，并且调查这次失窃事件背后的秘密。我们之前没现身，也是因为想调查偷《天星妖怪录》的妖怪，但是到现在也只是查到白夜光，没有人知道白夜光背后那个师父是什么来历。"

林亦天抓了抓头发："可是我真的什么都不懂什么也不会，我不知道怎么配合你们啊。"

炎冰笑眯眯地凑过来："小天，这个你不用担心，就凭你是天星大人的转世，所有秘密都会自动找上你的，只要你有需要的时候叫我们的名字将我们召唤出来就可以了。"

第二天去上课，林亦天发现任枫的座位是空的，问过班长左晓曼才知道他请了病假。

林亦天有些疑惑，任枫这家伙平时活蹦乱跳的很少生病，怎么突然就病了？

说起来，他总觉得昨天的任枫有些奇怪，但又说不上是哪里奇怪。任枫这样突然请病假不来上课，更让他疑惑不解。

中午，林亦天正坐在座位上发呆的时候，突然听到外面响起一阵欢呼嘈杂声，很多同学都拥出教室，跑到走廊上看热闹，连一向以骄傲自居、不关心琐事的于诗影都跑出去看了。

"哇，这也太壮观了吧！"

林亦天好奇地跑出去时，听到许多围观同学在不断惊叹。

校园的上空，从四面八方飞来了大群白鸽。

成百上千的白鸽集聚在一起，好像听从着某种指示般，有规律地朝着一个方向盘旋围绕。

林亦天诧异地仰头看了好一会儿，顿时明白促成这种奇异景象发生的只有一个人——那个所谓的"白鸽王子"天星耀。

林亦天离开看热闹的人群，跟着鸽群飞的方向寻找那个人。

终于，他在图书馆后面一个僻静的角落看到了天星耀和天星雨。

那群仿佛有着魔性的白鸽团团包围着飞到这边，然后又渐渐向四面八方散去，最后只剩下一只白鸽飞向天星耀的肩头。

林亦天注意到，那只白鸽的两只爪子间还抓着一个隐约散发七色光芒的东西。

他走过去细看，发现原来那是一只蝴蝶。

是那天在外婆葬礼上胡闹的蝴蝶妖怪？！

林亦天瞪大了眼睛，侧耳倾听，似乎还听得到那只蝴蝶妖怪在呼救，十分可怜的样子。

天星雨看了林亦天一眼，嘴角扬起："看到了吧，就算没有《天星妖怪录》，哥哥也可以抓到那些妖怪。这只妖怪名叫变色蝴蝶，能变换七色翅膀，化身美女，喜欢表现，既是能歌善舞的演艺家，也是喜欢打扮的化妆师。"

林亦天看着那只在白鸽爪间挣扎的蝴蝶很是同情，故意哼了一声："可以把这只蝴蝶妖怪交给我吗？"

天星耀轻抚着肩上白鸽的羽毛："可以，只要这个周末你跟我们去天星山庄。"

"啊？"林亦天很意外天星耀的回答，不解地看着他，"为什么？"

"去了你就知道了。"

"……"

"去，还是不去？"

林亦天暗暗握拳："好，我去！"

五、天星山庄

林亦天跟父母说好要去好朋友家住两天。星期六的早上，他就带着收拾好的背包离开家。

他和天星耀他们约好在学校门口碰头，却没想到在去的路上遇到了一群不速之客。

林亦天走到一条必经的街道时，看到一群普通人类无法看见的生物，他们个个身材粗壮、肤色黝黑、浑身杂毛、目露凶光。

是狼妖。这让林亦天不得不暗自捏把汗。

"把绿光宝石交出来！"领头的狼妖首领铁火野大声喝道。

"呃……可是我只知道怎么把它吞下去，不知道怎么吐出来啊。"

虽然他说的这话听起来很傻，但确实是大实话。

铁火野瞪圆了眼睛，浑身的黑毛似乎都竖了起来："那就别怪我们对你不客气了！"

眼看着他们摩拳擦掌，彪悍的身形围靠过来形成大片阴影，林亦天额头冒汗地后退，心里着急找谁求救。

白夜光？不行，他说他们是敌人啊……

精灵妖怪神？不行，他们说没有《天星妖怪录》，他不够资格成为他们的主人……

天星耀？对，打电话给他。

林亦天一边被狼人们逼退着，一边掏出手机给天星耀打电话："喂，我现在遇到狼人族围攻，快来救我啊！"

刚说完这一句，他还没听到手机那头有什么反应，一个狼人就猛地拍开他的手，把他的手机拍飞出去。

"想搬救兵？谁敢帮你谁就是我们狼人族的敌人！聪明的话就快点儿把绿光宝石交出来，我们还能饶你不死，否则今天你一定死无全尸！"

林亦天吓得冷汗直冒，却发现自己完全没有退路，狼人们的阴影已经包围他，而且越来越靠拢。

"死无全尸算什么？看起来这么美味的小男孩儿应该吃掉才是。"

满带血腥的内容，却是用温柔俏皮的语调说出。

林亦天和众狼人诧异的同时，感觉到一股不寻常的气息，但并不是妖气，而是……

在离他们不远处的大树上，坐着一个白色的身影。

银白色的长发和绣着金色暗纹的白色长袍，随风而动，那一抹银白色好像在发光。在莹莹微光中，他俊美精致的面容更显得妖娆。略显慵懒的长眉下，瞳色一蓝一红，充满魔性而富有吸引力的美丽。

他头上的一对狐耳，还有身后九条毛茸茸的白色尾巴，彰显着他是尊贵的九尾狐仙，而不是普通的狐妖。

也许因为都是狐族，虽然他的气场和白夜光完全不同，林亦天还是隐约觉得他和白夜光长得有几分相似。

"你、你是狐仙大人白世？！"不像林亦天那般呆怔，狼人们明显有些战战兢兢。

"眼力不错嘛，才第一次见面就认出我来了。"银发白袍的男子收起九条狐尾，嘴角扬起一抹微笑，姿态优雅飘逸地从树上跃下来，慢慢走到他们面前，伸出食指挑起铁火野的下巴，用一蓝一红的美丽双瞳与他对视，"你是刚上任没几年的狼人首领吧，真年轻，不像我，老得都懒得动了。"

铁火野黝黑粗犷的脸上浮现红晕，看起来特别滑稽，让刚刚还在生死线上徘徊的林亦天都忍俊不禁。

"狐仙大人见笑了……我们狼人族一直对狐仙大人很敬仰。"

"真的吗？那真是太感谢了。为了感谢你们狼人族，我想友情提醒你们一件事。"

白世微笑着收回手，指向马路对面："天星家族的少主天星耀就快要过来了。"

天星耀？！

铁火野的脸色立刻一变。这下糟了，阴阳师世家天星家族本来就和妖族势不两立，他们之前还企图偷天星徽章呢，如果被天星耀抓到一定没有好下场！

没办法了，撤吧。

狼人首领一声令下，一大群狼人很快消失得无影无踪。

如此迅速让林亦天叹为观止。林亦天回头看到白世，只见他略微歪头，对林亦天轻轻一眨眼，温柔而俏皮地笑了一下，电得人心里麻酥酥的。

"你……我说狐仙大人，我们才第一次见面吧？你为什么帮我？"

"不是第一次，我们早就见过了。"

白世伸手一拍他的头顶："好了，我也要走了，天星耀真的要来了。"

银色长发从他面前带过耀眼光芒，白世的身影一闪而过。

天星耀赶来的时候，只看到那个白色光点消失在天际。他走到仍在呆呆看着天际的林亦天身边，问道："是白世吗？"

"嗯，刚刚狼人族围攻我，是他帮了我，我真是第一次见到长得这么美的好人……哦不，是狐仙。"

"他帮你？"天星耀看了他一眼，不冷不热地说，"有的人对你笑，有的人帮你，但并不一定真的是好人。并不是谁都像你一样，喜欢多管闲事。"

"那你是什么意思？"林亦天看着他，"你是好人吗？"

天星耀表情冷漠："不是，就像你现在跟我去天星山庄，我们只是交易。"

天星山庄，建于远离市区、地势隐秘的无名山林之中，外围设有天星家族的魔法结界，除了天星家族的人，一般妖怪根本无法靠近。所以，只要天星山庄不开门，就算是本事再大的妖怪也闯不进去。

跟着天星耀和天星雨来到这片山林，走进了一个山谷，林亦天沿路看到许多动物，它们都友好地跟天星耀打招呼，好像见到了老朋友一般。

原来天星耀不仅喜欢白鸽，还喜欢所有动物，能和所有动物沟通，且擅长用魔法操纵动物。

真是奇怪的人，不喜欢和人打交道，却那么喜欢动物。

林亦天在心里这么想的时候，天星耀正对一只丹顶鹤微笑。

这好像还是林亦天第一次看到他笑，虽然只是浅浅的微笑，但在他通常都是沉静表情的俊美脸上却显得格外不同。连那深邃的漆黑眼睛都漾起微光，那专注又有点儿孩子气的眼神，让人忍不住偷偷盯着他看。

饱满的额头，挺秀的鼻梁，微翘的下巴，这真是一个侧脸线条完美的男生，如果不是因为他平时太过冷漠倨傲，林亦天一定很愿意靠近带着这样笑容的天星耀。

山谷的中心有一大片湖水，有许多漂亮的丹顶鹤在那儿玩耍，它们有的在湖中玩耍，有的在湖边漫步。在这样仿佛与世隔绝的山林中，它们美得好像仙境里的精灵。

"我们到了。"天星雨看着那片湖水，停住了脚步。

天星山庄就在这里？

林亦天正疑惑，就看到天星雨双手合十，闭上眼念念有词，而后抽出一把除魔剑在空中画出几道符咒。

仿佛得到了咒语的开启，湖面上掀起大片波澜，好似有大型物体要从水上翻涌而出。

林亦天睁大眼注意看，只见一栋气魄宏丽威严的大古宅在湖上渐渐

隐现。不对，与其说那是一栋大宅，还不如说那是一座古城。

高墙大门之后，碧瓦飞檐之下，无数座楼宇高耸，俨然是只有在古装电视剧里才会出现的古建筑。

只是，这座宏丽威严的古城，居然出现在山谷中的湖水上，真不愧是阴阳师世家天星家族的总基地。

这就是天星山庄了。

林亦天知道，这里面一定有很多他从未见过的景象和从未听说过的故事，虽然对未知有些恐惧，但是已经回不了头。

也许冥冥之中，他就是为这些而来的。

Chapter 04
我要成为一个强大的阴阳师

"一个深爱你的人之所以会离开你，最大的原因就是你不在意他的爱。"
——林亦天

"我最大的心愿也就是希望他原谅我，因为我也爱他。"
——女牛妖

一、古宅宴会

一进天星山庄的大门，林亦天就开始忐忑不安，不知道该怎么面对那些天星族人。

好在天星耀还算绅士，他让侍从把林亦天带到一间客房休息，告诉林亦天今天晚上天星山庄会举办一场宴会，天星家族的族长和长老们会正式和他见面。

希望他在这之前好好准备一下，有什么需要都可以叫侍从帮他。

"这只蝴蝶妖怪就交给你了。"

在那间古色古香的房间里，把那个装有变色蝴蝶的魔瓶交给林亦天，天星耀就转身离开了。

那魔瓶是天星家族用来收服妖物的魔法容器，透过像玻璃一般透明的瓶壁，可以看到里面的变色蝴蝶翅膀颜色灰暗，没有一点儿神采。

林亦天撕掉瓶口的符纸，把那只变色蝴蝶放出来。

变色蝴蝶扇动着翅膀，翅膀的灰暗颜色褪去，慢慢地有七色的光芒隐约闪耀，最后变成蓝色的蝴蝶。

"谢谢你救了我，以后有什么我可以帮你的尽管吩咐吧。"

细细的声音娇柔动听，林亦天爱怜地伸出手，让变色蝴蝶停在自己的手上，但想起一事，还是忍不住说："喂，说实话啊，上次你在我外婆的灵堂上胡闹我很不喜欢，虽然追悼会是有哀伤的气氛，可是并不需要那样只是哀伤效果的虚假伪装。我希望好好送我外婆最后一程，只需要真实的亲情。虽然你觉得你是好心想帮我们，可是我们真的不需要那样的帮助。你能明白吗？"

"好吧，原来是我了解不够，那时候还很生气你不明白我的好心呢……对了，你今晚是要参加宴会对吗，我帮你打扮一下，算是我的赔礼吧。"

"打扮？我又不是女孩子，不用了。"

"男孩子的外形也很重要啊，你们人类不都是以貌取人吗？再说了，我最喜欢帮人打扮了，这次一定让你满意！"

随着活泼的声音响起，蓝色的蝴蝶变成橙色，它好似非常兴奋地飞起来，扇动的翅膀散发出七色光芒，但这次的七色光芒比以前都强烈。

林亦天惊奇地看到，在这七色光芒之中，变色蝴蝶幻化成一个人形。

水灵的大眼睛，又卷又长的睫毛，小鼻子小嘴，齐刘海儿和及腰微卷的长发，衬着灵巧可爱的一张小脸，肌肤白嫩，身上穿着层层叠叠的雪纺纱裙。

奇异的是，这个可爱萝莉的衣服颜色似乎也会变色，此时是快乐鲜艳的橙色。

"从现在开始我是你的专属化妆师，今天我一定会把你打扮成全场最帅的！"

变色蝴蝶拉着林亦天转了一个圈，让他感到一阵眩晕，之后变色蝴蝶不停地围着他打转，他觉得更晕了。

二十分钟后，变色蝴蝶把他推到房间的穿衣镜前："好啦，完工！"

镜子里的少年，黑色短发清爽利落，白净的脸上五官清秀俊朗，一双黑眼睛灵活有神，身穿绣着华丽暗纹的青色长袍，锦衣玉带衣袂飘飘，尽显古典大气的潇洒韵味。

林亦天心里一阵惊艳，忍不住在镜子前多照了一会儿："好像动漫人物，原来我也可以这么有范儿啊。"

变色蝴蝶看他这么满意也很高兴，笑着说："等会儿你出去参加晚宴，我就变成蝴蝶玉佩系在你的腰带上，有什么事你伸手摸摸玉佩，我一定会帮你的。"

天星耀出现在房门口时，也换上了不一样的装扮。

他头戴乌帽，更衬得他的五官俊美立体，眼睛深邃乌黑，一身黑白色阴阳师长袍显得他的身材挺拔优雅，让人联想到清雅脱俗的水墨画，却又散发着强大如神的气场。

林亦天本来对自己今天的形象自信满满，一看到他就觉得受到了打击，内心开始自卑。

他低头看到天星耀后面还有个穿阴阳师长袍的男生，面容秀美温文，明明未曾见过，但却感觉越看越眼熟。

"你盯着我看什么？"

男生一出声，林亦天就感觉更熟悉了。

林亦天疑惑地看着男生："我说，我是不是在哪里见过你？为什么这么眼熟？"

男生扬唇一笑："我是天星雨啊。"

"啊？！"

林亦天十分震惊，愣了好一会儿才明白过来，他是天星雨？！那也就是说，他以前见过的那个美貌少女，还抢了于诗影班花的天星雨其实不是女生而是男生！

这下打击更大了！

"为什么我以前一直没看出你是男生？"话刚脱口而出，林亦天隐约记起白夜光说过天星家族派出寻找《天星妖怪录》的是两位少爷，白夜光应该早看出天星雨是男生了，只是他一直不知道而已。

"谁知道呢，我也不知道你们那些普通人类为什么那么好骗。"天星雨虽然表情温柔，但从他的声音中还是不难听出讽刺。

林亦天被鄙视得无言以对，天星耀神态自若地开口道："时间差不多到了，该去大厅了。"

夜幕降临，天星山庄华灯初上。

宽敞的主楼大厅里，晚宴已经准备好。

铺着红毯的过道两边，按秩序罗列着用餐的案几，这是给天星家族的长老们和传人们坐的；过道直通的中心高台上有两个主位，是给天星族长和林亦天坐的。

林亦天跟着天星耀走过过道的红毯，任坐在两边的长老们和少爷小姐们"参观"，心里暗暗紧张，不停地提醒自己要仪态大方不能出丑。

但没注意到前面的天星耀突然停步，过于紧绷的他还是不小心撞上了天星耀的背，还好有一股力量及时把他扶正——是他腰间玉佩上的变色蝴蝶，他会心地笑了笑。

"林亦天同学，请坐。"坐在一边主位上的老者明显就是天星族长天星决了。他身穿黑色的阴阳师长袍，端坐的姿势很有几分仙风道骨，布满皱纹的脸上神情和蔼，双眼神采奕奕。

林亦天道了一声谢，小心地坐下。

天星耀也在他旁边左下角的座位坐下。

天星决对林亦天微笑道："关于《天星妖怪录》的事，想必你已经知道事情的始末了，今天我们天星家族郑重地邀请你来，就是为了这件事。"

林亦天认真听着，小心翼翼地问道："您觉得我可以帮什么忙吗？"

"我们希望你能加入天星家族，成为天星家族的阴阳师，除掉狐妖白夜光，拿回《天星妖怪录》。"天星决面色郑重，语气严肃，说出来的每句话都给林亦天不小的刺激。

林亦天睁大眼怔怔地看着天星族长："您是说……让我加入天星家族？"

其实更震惊的是后面那句"除掉狐妖白夜光"，这简直令他心惊肉跳。

虽然不知道白夜光如今去了哪儿，但林亦天确定的是，他不可能做到这件事。

"也许说出来有些唐突，我们也从来没有请非阴阳师的外姓人加入天星家族的先例，但这确实是我们天星家族目前商量得出的结果，也是刻不容缓的事情，希望你能够答应，和我们一起找回《天星妖怪录》，振兴天星家族。"

林亦天愣愣地看着一脸正气的天星决，内心仍在震撼，他没想到自己一个小小的高中生，有一天竟被另眼相看委以重任。

可是……

一想到那个蓝发蓝袍的狐妖少年，想到曾经和他在一起的种种，林亦天的心就柔软了下来。

"不行，我不能答应，不管我能不能办到，我都不能杀白夜光。"

他的声音虽然不大，却透着坚定，足以让满座皆惊，坐在下面的长老们和少爷小姐们都看着他小声议论。

这让林亦天也有些心慌，他看向天星耀，天星耀却没有看他，依然镇定自若地坐在一旁。

林亦天又看向那边的天星雨，却见他似笑非笑地摇摇头，好像在看一场事不关己的热闹。

这里坐着的每一个人，似乎没有一个是站在他这边的，一股陌生的孤立感包围着他。

他心慌不安地站起身："谢谢你们邀请我来天星山庄，但是很抱歉，我没办法帮到你们。"

就在他拖着这身古装离开座位之际，一只修长的手抓住了他。

林亦天吓了一跳，回头便看到天星耀深邃的目光。

天星耀只看了他一眼，就看向天星族长："族长，您也知道，他是天星大人的转世，天星大人的灵魂就在他体内，我觉得不管怎样都不能

放他离开。"

╰∽二、强者修行

林亦天没想到最后被这个看似高贵倨傲的天星少主咬住，他气愤地用力甩开天星耀的手："我说不愿意就是不愿意，你们凭什么强求我？不管我是谁我都有我的自由！你说我是天星的转世是吧？如果我真的是，那么，青雪、炎冰现在请你们来帮助我，带我离开这里！"

他是被逼得走投无路才决定拼死一搏，没想到真的有两只精灵从大厅外飞了进来。

天星家族的阴阳师们惊讶地看着作为天星大人的精灵守护神再现，并且很快地变身成两只巨大的长着双翅的神兽，一只青色神兽，一只红色神兽，扇动着翅膀飞过众人的头顶，火速飞向林亦天。

"小天，一听到你的呼唤我们就来了，快爬到我背上来吧。"红色的羽翼神兽在林亦天身前停住。

"青雪、炎冰，你们好大胆，竟然不顾天星家族私自帮助外人！"天星雨站起身大声喝道。

炎冰笑道："什么叫外人？小天可是天星大人的转世。你们不要忘记，我们不属于天星家族，我们只忠于天星大人，而不是她的那些所谓的后人！"

"不用跟他们废话，你带小天先走。"青雪说着，用一只翅膀扫过林亦天的身体，把他抛到炎冰的背上。

天星耀眼睁睁地看着林亦天从他身边离开，漆黑的眸中闪过惊诧之色，但他已经无法再阻止一切。

青雪大力扇动着翅膀，掀起一阵大风，迷乱了在场所有人的眼睛。

炎冰趁机带着林亦天飞出了大厅。

如果说除了天星家族的阴阳师们，还有谁或者说还有什么妖怪能自由进出天星山庄，那一定只有精灵妖怪神青雪和炎冰。

此时正是深夜，炎冰带着林亦天飞出天星山庄，飞在广阔的山林之上。林亦天坐在炎冰的背上，衣袍被夜风吹得猎猎作响，接连的刺激让他心潮起伏澎湃。

终于飞到郊区的草地上，炎冰才慢慢降落。林亦天从他背上下来的时候，腿脚都麻木了，站都站不稳，只好跪坐到草地上。

红色的羽翼神兽扇了扇翅膀，化身为人形，在林亦天身边蹲下身，炎冰笑着问："小天，你还好吧，没被吓坏吧？"

林亦天坐在草地上，忽然"哇"的一声捂着脸大哭起来，长久以来积压的委屈、恐惧、压力全都爆发出来，收都收不住。

"喂，男儿有泪不轻弹……"炎冰没料到他哭得如此凶猛，蹲在他身边有些无可奈何，伸手摸摸他的头，"好吧，你想哭就尽情地哭吧。"

"为什么？为什么都要利用我……我又没有做错什么！"林亦天一边控诉一边哭，发泄了好一会儿才慢慢收势。

忽然，他听到一个冰冷的声音："哭是没有用的，尤其是弱者的眼泪，只会让人嫌弃。"

林亦天抬起头，哭肿的眼睛看到不远处的青雪。

月光下，她的浅绿色长发随风飞舞，她用碧色双眼注视着他："如果你不想被别人利用，不想别人主宰你的命运，就请你努力变成一个强者。"

林亦天看着她，止住了哭，伸手抹掉了脸上的眼泪，咬了咬牙："你说得对，我不能一直当一个弱者！"

那些穷凶极恶的妖怪，还有天星家族那两个可恶的人，一个表面温文内在腹黑的天星少爷，一个做坏事也做得光明正大的天星少主，他已经受够了！

现在他绝对不会任人宰割，他要成为一个强者！

月光下的草地上，林亦天站起身，对着月亮大叫："总有一天我要成为一个强大的阴阳师，但绝对不是为了你们！"

在他的身后，青雪和炎冰默默看着他。

炎冰平常总是嬉皮笑脸的，此时表情却有些严肃沉静，但眼神却是柔和的。他看向青雪，她眼中也是欣赏的神色。

其实严格说起来，林亦天体内的天星大人还没有苏醒，而且他也没有《天星妖怪录》，就不完全算是他们的主人。

可是对于这个少年，他们似乎就是愿意无原则地伸手，尤其是青雪，不同于喜欢玩闹的炎冰，从不伪善的她是完全地认真付出。

虽然，她不知道这样到底是对还是错。

"好，加油，我支持你！你一定会梦想成真！"

突然一个娇美清脆的声音在夜色中响起，三个人都是一愣，寻找着声源，好像来自于林亦天身上。

"啊，是变色蝴蝶！"

林亦天从腰间取下那个玉佩，蝴蝶形状的玉佩立刻变成活动的蝴蝶，此时变色蝴蝶是紫色的，在夜色中发出紫色幽光。

炎冰笑道："难怪我一直隐约觉得你身上有股妖气，原来就是她啊。"

"对啊，这身装扮还是她帮我打造的呢。"林亦天让变色蝴蝶飞到他的手上，"等天亮了我就要回家了，到时候你可要帮我再换一身装扮啊。"

"没问题，交给我好了！"

变色蝴蝶扇动着翅膀，散发出七色光芒，随之化身为灵巧可爱的少女，穿着紫色的雪纺纱裙，她握住林亦天的手："其实我想说的是，亦天，请让我成为你的式神吧！"

"式神？"林亦天茫然地眨了眨眼，"什么叫作式神？"

"操控式神是阴阳师的主要法术技能之一。简单地说，就是你作为驯养我的主人，让我来侍奉你。就好像青雪和炎冰，他们就是天星大人的式神，当然啦，他们都是高级妖怪，又得到天星大人的灵力栽培，所以是非常厉害的高级妖怪神。"

林亦天大概弄懂了，他露出一丝笑颜："好啊，你当我的式神，帮助我成为一个强大的阴阳师！"

变色蝴蝶笑道："嗯，那我们现在就可以举行式神认主仪式了，我需要把属于我身上的一部分东西交给你，而我的主人林亦天，你需要帮我取个名字！"

林亦天看着她沉吟道："你长得这么漂亮可爱，又可以变换颜色，那就叫你小彩吧！"

"小彩？我喜欢！"

变色蝴蝶笑得甜美，扯下自己的一绺头发交给林亦天，然后屈膝在他面前跪下："从今天起，我小彩就是林亦天的式神，永远无条件支持、保护、听从林亦天！"

夏天郊区的草地上，夜幕深沉无限，月光温柔如水。

没有谁知道，什么时候会有坏事发生，也没有谁知道，坏事之后是不是好事。

道生一，一生二，二生三，三生万物，万物负阴而抱阳，冲气以为和。

此为阴阳。

阴阳之术有注重于法术的修炼，也有注重于武技的修炼，前者是对灵魂的奥义理解得更加透彻，后者拥有十分的敏捷度和攻击力。

二者亦是相辅相成。

回到家之后不久，林亦天就开始从宝华书店里翻找关于阴阳师文化的书，他一边研究，一边向小彩请教。

下午看了三个小时的书，林亦天有些累了，准备到楼上的咖啡馆去喝点儿东西，刚走到楼梯那边时，却看到店里有一个熟悉的身影。

"任枫？"

正在四处张望的任枫也看到了他，马上笑着走过来："阿天，我正想找你呢。"

林亦天打量了他一眼，问道："你不是生病请假了吗？怎么又活蹦乱跳地跑出来了？"

"嘿嘿，那是想偷懒的障眼法，你可不要告诉别人啊。"

"你这狡猾的家伙……"林亦天鄙视地翻了个白眼，"说吧，找我有什么事？"

任枫好似很神秘地四下看了一眼，拉过林亦天："借一步说话，这件事我只告诉你。"

走到无人的角落，任枫才低声说："前几天我请病假是因为我遇到了一件怪事。我捡到了一只受伤的狐狸，感觉很不寻常，所以我就把它带回家养伤了，但是它伤好一些之后，就变得很凶，非常难伺候，我不知道怎么处理才好。我想了好久，才决定来问问你。"

狐狸？

林亦天立刻想到白夜光，那不会是白夜光吧？他受伤了吗？

"那只狐狸现在在哪儿？"

"还在我家，我把它偷偷养在储物室里了。"

"你能带我去看看吗？"

"废话，我来找你就是想让你帮你看看怎么办。"

᎒ 三、狐妖家族

任枫的家住在西景市城东的一处小区里，林亦天曾经去过几次。

跟着任枫来到他家的储物室，林亦天见到了那只白色的狐狸。它的背部和一只爪子都受了伤，已经包扎起来了，看起来精神状态还不错。

一见到任枫打开门进来，那只白狐就一瘸一拐地跑向他，扑进他的怀里。

林亦天看任枫抱着白狐，笑着说："你不是说它很凶狠难伺候吗？看起来它很喜欢你嘛。"

"这个也是看时候的……再说，好歹我是它的救命恩人，照顾了它好几天，它没道理不喜欢我啊。"

"给我抱抱。"林亦天伸手过去，想仔细看看这只白狐，确定它到底是不是白夜光。

谁知道那只白狐好像不太乐意，林亦天从任枫手里接过它的时候，它不停地扑腾，当林亦天把它翻过来看它的肚子的时候，它竟然开始张牙舞爪，一爪子抓伤了林亦天的手。

"啊，果然很凶啊……"

林亦天痛得龇牙咧嘴，同时他在心里确定了一件事，这只狐狸虽然是狐妖，因为受了伤而现出原形，但绝对不是白夜光。

因为它是一只母的！

白狐抓了林亦天似乎还不解恨，还想扑上去咬他，还好任枫及时把它抓住："喂，不许这样，这样对客人是很不礼貌的！"

说来奇怪，白狐一回到任枫那里，就很快地变得温顺起来，收起爪子和牙齿，甚至还想往任枫身上蹭。

任枫把它放回了它的窝里，然后拉过林亦天，问道："你的手没事吧？我去找医药箱给你处理一下。"

坐在客厅的沙发上，林亦天看着任枫小心地为他用药水清洗伤口，低着头的样子很温柔。

不知道为什么，他感觉这样熟悉的脸隐约又有种距离感，好像有一种陌生感。

收拾完之后，任枫对着林亦天叹了一口气："阿天，我跟你说，我妈昨天发现我收养这只白狐了，她勒令我把它扔出去，说如果今天晚上她回来的时候我还没有把它扔出去，她就要把我扔出去。"

林亦天汗颜："不是吧，这么夸张……"

不过也真的情有可原，正常的家长谁会允许孩子在家里养狐狸？

"所以……"任枫抓着他的手，浓眉大眼里满是哀求，但明显还是一副痞子样，"虽说好像有点儿难为你，但我还是想拜托你这件事，因为我真的不知道怎么办好……我知道你一向英俊潇洒玉树临风，行侠仗义对弱者富有同情心……"

林亦天打断他："少拍马屁，说重点！"

"你能不能帮我收养它？"

"你这哪是有点儿难为我？那是相当难为我！你没看到它刚刚还抓伤我了吗？"

任枫的表情更可怜了："你不要这样见死不救嘛，难道你想看着它被我丢出去，或者我被我妈丢出去？"

林亦天见任枫如此上演苦情戏，有点儿好笑；而另一方面，虽然那只白狐确实不是白夜光，但作为白夜光的同族，它也许会知道白夜光的消息；再者，他既然立志成为强大的阴阳师，那么跟妖怪接触就是锻炼他的好机会。

"好吧好吧，上天有好生之德，我就大慈大悲勉为其难地救你一命吧。"

任枫马上展开灿烂笑脸："谢谢大神，以后你有什么吩咐，我任枫一定万死不辞！"

林亦天用笼子带着那只白狐回家后，将它放到自己房间里藏好，然后跑到厨房里弄点儿东西给它吃。

本来他还想跟它说说话，告诉它自己可以通灵，知道它是狐妖，想问它点儿事情。

谁知那只狐狸不知怎么的，恹恹地睡着对他理也不理。

后来的几天，林亦天还是每天给它准备吃的，看着它身上的伤口慢慢地愈合。

好在那几天天星耀和天星雨都请假没有出现在学校里，不然他更不知道怎么面对。

星期五放学回家的时候，林亦天端了一碗牛奶到自己房间，却诧异地发现笼子被撕成碎片了。

"本小姐在这里。"林亦天正在满房间找那只白狐的时候，一个傲慢的女声从阳台上传来。

林亦天抬头看到一个狐妖少女，她穿着一身刺绣精致的红色衣袍，细眉丹凤眼，神情傲慢。

"咦，你已经完全好了啊？"林亦天走到阳台去。

狐妖少女白了他一眼："你看我像完全好了吗？我只是现在勉强可以保持人形，还需要调理内伤。我明天要回狐妖家族，你送我回去。"

"你要我送你回狐妖家族？"

"当然，不是你还有谁？"

林亦天不乐意道："我说，我好歹救了你，你不需要摆出这么理所当然的姿态吧？"

狐妖少女哼了一声："救本小姐的人才不是你，你只不过像个仆人一样照顾了我几天而已。"

仆人？！

林亦天额头冒出黑线，忍不住吼道："你有没有搞错？我好心好意帮你养伤，你当我是仆人？！"

狐妖少女比他吼得更大声："搞不清楚的是你！当你是本小姐的仆人已经很瞧得起你了，你以为狐妖族长的女儿的仆人是那么好当的吗？！"

林亦天安静了一瞬，狐疑地问道："你是狐妖族长的女儿？"

狐妖少女扬起头："不错，本小姐就是狐妖族长的女儿白琦琦，前些天，不小心被一只牛妖打伤了。现在狐妖族的所有狐妖应该都在找我，你明天送我回去的话，一定会得到丰厚嘉奖的，这样你还有什么不满意的？"

林亦天见不得这种依靠家中势力的高傲嘴脸："我才不稀罕什么嘉奖！如果你真的那么有本事，你又怎么会被牛妖打伤？"

白琦琦大怒："那只牛妖是从《天星妖怪录》里跑出来的，那家伙完全是个疯子，一碰到我就说要找我报仇，说什么就算过了五百年还是认得我的样子，我还没搞清楚状况就被她打伤了！"

从《天星妖怪录》里跑出来的妖怪？

呃，那这么说起来，害她被牛妖打伤，他其实也难辞其咎。

"好吧，我明天送你回狐妖家族。"

林亦天暗想，如果跟着她去了狐妖家族，就算找不到白夜光，但一定可以知道白夜光以前的事。

或许还可以知道白夜光当初为什么离开狐妖家族当了妖界赏金猎人，知道白夜光为什么在听到他是天星大人的转世后就那样恨他……

那他也算不虚此行了。

第二天是星期六，一大早林亦天就带着那只白狐上路了。

为了保存还未完全复原的妖力，白琦琦暂时化身狐狸原形，藏在林亦天的背包里。

"怎么好像有妖气？这里还有其他的妖怪吗？"

"呃……你太敏感了吧。"林亦天知道白琦琦说的是藏在背包另一层里的小彩。

自从他认小彩为式神后，小彩平常就以蝴蝶玉佩的形态待在他的背包里，只有他召唤的时候小彩才会出来。

但是对于这个狐妖小姐，他还是少说为妙。绝对不能告诉她，自己是打开《天星妖怪录》的人，而且还是阴阳师——虽然只是正在修行中的菜鸟阴阳师。

按照白琦琦的指示，林亦天坐车来到郊区，在一块空地上画了一个特殊的魔法阵——那是代表狐妖家族的符号。

白琦琦说，这个符号是他们狐妖家族传递讯号用的，只要附近有其他白狐发现这个符号，他们就会来接她。

果然，林亦天坐在旁边的草地等了一会儿，就有两只白狐跑到那个魔法阵旁边，东看看西看看。

林亦天连忙打开背包让白琦琦出来。白琦琦一落地瞬间变身红衣少女，对那两只白狐命令："本小姐在这里，你们快过来！"

两只白狐很快跑过来，并且变身为两个毕恭毕敬的狐妖男子，齐声说道："琦琦小姐，我们找了你很久了，族长一直很担心你。"

白琦琦傲然道："行了，快带我回去吧。"

两个狐妖男子看了林亦天一眼，问道："他是……"

白琦琦不耐烦道："他是本小姐的仆人，这点儿事我还要跟你们交代吗？"

又是仆人……

林亦天嘴角抽搐，忽然发觉跟这个泼辣的白琦琦比起来，傲娇的于诗影的态度真是好多了。不过话说回来，仆人这个身份也的确方便他混进狐妖家族吧。

四、女牛妖

妖界不同于人界，妖界是存在于另一个空间的世界。每个妖族都有自己的族群，也有自己的领地，所以也有不同的进入方式。

跟着那三只白狐，林亦天走进了那个代表狐妖家族符号的魔法阵，看着他们点起狐火，照亮魔法阵的边沿。他突然感觉眼前一阵眩晕，经历黑暗再次重见光明时，人已经离开了现世。

他们来到一座古老的门廊前，里面树木葱郁，青石铺路，还有各种造型奇特古老的房屋。

林亦天还来不及好奇地欣赏这狐妖族的世界，就发现好像有什么不对劲。

大门里面，不仅有各种长相的狐妖，还有其他的妖怪。

仔细看，那应该是一群长着牛角、身材魁梧的牛妖，他们与狐妖们正处在混乱的对峙与战斗中。

更诡异的是，他还感觉到一种熟悉感，好像是……他忍不住摸了摸右手背上那个月亮形印记。

"这是怎么回事？怎么会有牛妖闯入狐妖族？"

白琦琦愤怒地皱眉，突然想到了什么，眼中闪过一丝惊诧："难道是她……那个疯牛妖？她是怎么到这里来的？"

一旁的狐妖说："琦琦小姐，我们还是先回去找族长大人吧。"

于是，一人三狐妖绕过那剑拔弩张的妖群，从小道赶往狐妖族的家族基地——族长的居住府邸。

狐妖族长白莫峰穿着一身灰袍，身材精瘦，眼神与气势却很霸气。

"我的乖女儿，看到你平安回来真是太好了。"白莫峰一见到白琦琦就表现出万般怜爱，围着她打量，"听说你受伤了，现在怎么样？"

"打伤我的就是那个女牛妖，她怎么带那些牛妖闯到这里来的？我不管，父亲你一定要帮我好好教训她，她害我吃了不少苦！"

"就是她打伤你的？"白莫峰怒道，"好个牛妖，简直不把我狐妖族放在眼里，今天一定要好好收拾他们！还有那个该死的叛徒白夜光，等我抓到他一定要清理门户！"

"白夜光？！"林亦天忍不住惊叫出声。

白莫峰这才发现林亦天的存在，警惕地看着他："你是人类，怎么会在这里？"

"呃……我是白琦琦小姐的仆人，她在人间受伤的时候照顾过她。"林亦天一边随机应变地回答，一边在心里哀叹：好吧，这回真的是自己承认自己是仆人了。

"你也知道白夜光？"

"对啊，我以前……见过他，知道他是妖界的赏金猎人。"

白莫峰不屑地哼了一声："什么妖界的赏金猎人，他不过是个狐妖族的叛徒！"

"能不能请您告诉我关于白夜光的事？"忍住对狐妖族长说话语气的不满，林亦天小心翼翼地问。

"好吧，看在你救过琦琦的份上我就告诉你，反正也不是什么大不了的事。"

一百多年前，久不出现的狐仙大人白世来到狐妖族，送来了一只婴儿白狐，说他的父母已经被天星家族的阴阳师杀死了，请狐妖族代为抚养。

于是，狐仙大人离开之后，白夜光就在这里成长。

他从小性格孤僻，不喜欢与其他小狐妖交往，其他小狐妖也不喜欢他，所以常常捉弄他。

小的时候，白夜光经常被一群小狐妖欺负，长大一点儿后，他就开始反击，一个人能打败一群狐妖。

这让其他狐妖对他越来越不满，他们都叫他没人要的野种，没有狐妖看得起他。

后来有一天，白夜光终于受不了了，他对所有狐妖说，从今以后他和狐妖家族再也没有任何关系，然后就离开了狐妖族，再也没有回来。

再后来，狐妖族就听说了白夜光在妖界的名声，他似乎另投师门，渐渐成为一个非常厉害的妖界赏金猎人，专门接手别人不敢接的任务，换取价值不菲的佣金。

这对于狐妖族来说，简直是家门不幸，他们都视白夜光为家族耻辱。

"这个大逆不道的小子，现在居然还带别的妖族攻入狐妖家族，简直辜负当年狐仙大人救他的用心，早知如此，我们当年就不应该收养他！"白莫峰越说越愤愤不平。

林亦天诧异道："白夜光和那些牛妖是一伙的？"

"说起狐仙大人，他真是太帅了！"白琦琦的关注点似乎和他们不同，一向傲慢泼辣的她此时露出娇羞的表情，"跟你们说，其实那天救我的也是狐仙大人，他还叫我不要告诉别人呢。"

正在这时，外面进来一只狐妖来报："族长大人，他们打得越来越厉害了！请您尽快出去处理！"

狐妖族与牛妖族在狐妖家族大门口大打出手，这儿飞一团狐火，那儿顶一下牛角，你来我往毫不客气。

林亦天跟着白琦琦还有狐妖族长一行人赶到的时候，他们简直要把大门都拆了。

"都给我住手！"白莫峰一声怒吼，双眼冒出红光，毛茸茸的大尾巴也摇出来了。

处于一团混乱中的两派妖怪住了手，纷纷看向此时出现的狐妖首领。

"就是你！小妖精！我终于又逮到你了！"一只女牛妖冲出来。

她头顶一对牛角，人高马大，手握一把大斧头，俨然有号令群妖的姿态。

她鼓着眼睛，指着白琦琦大喝："我就不信你每次都能有狐仙相救！这一次我一定要把你碎尸万段！"

白琦琦纵使平常一副泼辣骄纵大小姐样，但见到这阵仗也不禁害怕地往父亲背后躲了躲："你看那疯子又想杀我……"

白莫峰搂着她安慰："乖女儿，不怕不怕，爸爸不会让任何人伤害你。"

如此充满杀气与温情的画面，令林亦天热血澎湃，他连忙翻出包里的相机拍摄。

上次去天星山庄他也想拍照来着，可惜当时太紧张而且也没什么好机会，这次他绝对要记录下这些精彩瞬间！

"林亦天，就算你是个智障，我劝你还是有点儿保命意识的好。"

这充满鄙视而又熟悉的声音……

林亦天抬起头，看到那个蓝发蓝袍的狐妖少年从众牛妖身后走到女牛妖旁边。

风撩动他的蓝色长发，看不清他的表情，但他吐出的话语还是那么恶毒："我曾说过再见面我们就是敌人，但如今看来把你当我的敌人都是对我的侮辱。你这种连自己都顾不了的白痴，竟然还敢来这里？"

林亦天幻想过好多种和他重逢的场景，却没想到是在这里。此情此景，不知道为什么，听着他的恶言相向，林亦天竟然有些鼻酸……

就算是骂他，白夜光还是在关心他的吧？

"白夜光，你这个叛徒！我今天一定要代表狐妖家族清理门户！"白莫峰满脸怒气地冲上前，甩出一团狐火。

白夜光闪身躲过："清理门户？可笑，你有什么资格这么说，我早就和狐妖家族没有任何关系了，今天我不过是帮一只可怜妖怪报仇，也顺便帮我自己报仇而已！"

女牛妖一见狐妖族长走开去对付白夜光，立刻就想对白琦琦进行攻击。林亦天发现后及时拦在前面："请等一下，我可不可以问一下，白琦琦跟你有什么深仇大恨，为什么你一定要杀她？"

女牛妖紧握着大斧头，鼓着眼睛怒气冲冲："五百年前，她杀了我最爱的人，我要为我爱的人讨回公道！"

林亦天道："我想你一定是误会了，你是从《天星妖怪录》出来的妖怪，那就是五百年前的妖怪，但白琦琦她只是一只百年小狐妖，她怎么可能在五百年前杀了你的恋人？"

那边的白夜光冷哼了一声："就算不是白琦琦，也是白琦琦的奶奶杀的，谁让那家伙和她奶奶长得一模一样，谁让她们都爱欺负别人，她们都一样该死！"

白琦琦冲白夜光大吼："白夜光你个浑蛋！你故意让她来杀我的是吧！我就知道你还记恨小时候的事，你这个野种根本不配让狐仙大人救你！"

❧ 五、那些秘密

林亦天在一边看着，大概明白了是怎么一回事。

可是眼前，狐妖族长正大喝着要杀白夜光"清理门户"，女牛妖挥着大斧头要杀白琦琦为死去的爱人报仇，两派的杀气都势不可当，他到底该怎么做才好？

"等一等！"林亦天把心一横，张开双臂，冲到四人之间，"可不可以请你们稍微停一下，我也有仇要报！"

两群妖怪大眼瞪小眼，都用不屑的眼神看着林亦天。

白夜光吼道："白痴别碍事，你给我滚一边去！"

"我是真的有仇要报！"林亦天硬着头皮胡编乱造，"我要报仇的对象就是你们说的狐仙大人白世！"

狐仙大人白世？！

这个名字让满脸怒色的妖都是一愣，妖界的妖魔鬼怪，没有谁不知道狐仙大人白世。

白世本是一只狐妖，修行千年，终于在五百年前修成正果成为狐仙，他一直是狐妖家族的荣耀与希望。

五百年前，他曾经震惊整个仙界和妖界，但自从修成正果之后，他在妖界和人间都出现得极少。

狐仙大人虽然出身狐妖，但修成正果后就位列仙班，早就不是普通的妖怪。很多妖怪都难得见到他，一个普通的人类怎么可能跟狐仙大人有什么仇？

众妖都是不解，而只有白夜光有错解："你是要为当年白世抛弃天星而报仇？"

"啊？！"林亦天没想到一句胡言乱语还套出这么个秘密。

原来五百年前让天星失恋的是白世，天星就是因为白世才大受打击，努力变强，然后创立了《天星妖怪录》，成为一代伟大的阴阳师！

"你到底是什么人？为什么跟狐仙大人有仇？"白琦琦一听到和白世有关的事就格外紧张，抓着林亦天问。

林亦天嘿嘿干笑："我要是告诉你，你能告诉我白世和天星的故事吗？我怎么觉得你们好像都知道，就我一个人不知道？"

"你不用求她，我来告诉你！"女牛妖一拍胸脯，暂时放下大斧头，"我虽然讨厌狐妖，但对天星大人还是很敬重的，尤其是对她和白世的故事，一直觉得很惋惜，就像我和我家那个死鬼一样！"

女牛妖讲得简略，林亦天大概听明白是怎么回事了。

五百多年前，伟大的阴阳师天星在成名之前，原本是岛国花羽国的一位公主，原名花羽天星。她性格天真烂漫，极富天资，喜欢跟皇宫里的皇家阴阳师学习法术，希望当一名阴阳师。

她在练习抓妖的途中遇到狐妖白世，后来爱上白世，离开皇宫愿与他厮守，两个人一起创立了忘川楼，却被他辜负。

白世不肯放弃千年修行，希望成为狐仙，从而放弃了他们的爱情，离开了天星。

天星大受伤害，于是努力成长为伟大的阴阳师，创造《天星妖怪录》，收服众多妖怪，她要成为比白世更伟大的人。

终于，她成功了。

但是人终究会死，她无法跟狐仙白世一样长生不老。

即使她成为伟大的阴阳师，即使她的天星家族在阴阳师里首屈一指，她也逃脱不了人类短暂生命的宿命。

现在，她只能出现在五百年前逝去的时光里，只能让后世敬仰她过去的光彩。

而狐仙白世，却一直在活着的光辉里。

多么不公平。

"为什么你觉得天星的故事和你的故事很像？"林亦天继续追问女牛妖的故事。

回想起往事，彪悍的女牛妖眼神都变得柔软下来："因为我和白世一样，都是为了自己的前途放弃了爱人……"

五百多年前，女牛妖最大的愿望就是成为牛妖族的大人物，她从小就很努力让别人认可她，希望有朝一日能得到高高在上的地位，拥有控制别人的权力。

男牛妖从小和她一起长大，很清楚她的个性，一直很顺从她、支持她。每次她向别的妖怪挑战，他都不离不弃地跟随。

然而，成功成为领导者的女牛妖享受着名声和权力，却对男牛妖有诸多不满，觉得他不够上进，没有实力，不够资格陪伴在她左右。

有一天，一件小事引发了他们的矛盾，争吵后，男牛妖气愤离开。

女牛妖刚开始还在赌气，觉得自己没有他也什么都可以做，自己没有什么地方需要他了。

而慢慢地，在他离开越来越久的日子里，她发现这不过是自欺欺人。她以前所做的一切努力，都是为了让别人认可她从而扮演一个出色的形象，但其实她并不快乐。

只有他，她不用说什么做什么，他都会陪着她，因为他爱她。只有在他的面前，她才是真实的自己，不用像在别人面前一样背叛自己。

他离开后，她对着那个表面成功的自己感觉很陌生，她不知道真实的自己去了哪儿，不知道没有了他自己要怎么生活。

于是她决定，她要把他找回来。

女牛妖一路打听着男牛妖的消息，到人间去寻找他，但是最后，却只见到了他的尸体。

有妖怪告诉她，是一只穿红衣的狐妖杀了他。

女牛妖记起，自己曾经打败过一只穿红衣的女狐妖，那是狐妖族长的夫人。一定是那只女狐妖看到他，找他寻仇，把对她的仇恨都发泄到他身上了。

可是明白这些有什么用，他死了就是死了，失去了一个深爱自己的人，无论再成功，拥有再多权力和名声，都是换不回来的。

可惜她明白得太晚，现在失去了他，她才觉得生无可恋。

就在那时候，她遇到了忘川楼的天星。已经被白世抛弃、独守在忘川楼的天星，将她收进《天星妖怪录》。

"你这个疯牛妖，你说你凭什么一定要杀我报仇？就算当年真的是我奶奶杀死了你的恋人，那他也是因为你才死的！"受了冤屈的白琦琦早就憋不住了。

"是啊，他是因为我才死的……"

女牛妖垂下眼，号令群妖的气势已经不见。

她突然捂住脸大哭起来："其实真正害死他的是我，是我的好强逼死了他……就算我自己骗自己找别人报仇也没有用，他已经死了，一切都回不来了……"

彪悍强势的女牛妖，哭起来也是惊天动地。谁也没料到她会当着所有人的面不顾形象地大哭，这种难得诚实的坦然，只因为她最看重的那个人已经不在了。

"你别哭啦。"林亦天掏出包里的纸巾递给女牛妖，"一个深爱你的人之所以会离开你，最大的原因就是你不在意他的爱，如今你已经能够明白他的爱，这应该就是他最大的心愿。"

女牛妖吸着鼻子："那……他会原谅我吗？"

林亦天点点头："一定会的，因为他爱你啊。"

女牛妖听着他的话慢慢微笑起来："其实，我最大的心愿也就是希望他原谅我，因为我也爱他。"

林亦天微笑着点头。

女牛妖看向白夜光："谢谢你带我来这里，但看来这里的一切早已经不属于我，他已经不在了，我还是回到《天星妖怪录》里去吧。"

林亦天向白夜光伸出手："我说，我们还是再合作一次吧。我帮你用《天星妖怪录》收服她，你等会儿带我回到人界就算抵消了，怎么样？"

白夜光皱眉想了想，把《天星妖怪录》丢向林亦天。

林亦天接过《天星妖怪录》，像以前一样打开金色星星徽章，发光的书页自动翻到画有"女牛妖"的那一页。

众目睽睽之下，女牛妖化成一团发光的烟雾，飞向那一页书。

光芒消失的时候，《天星妖怪录》原本画面灰暗的书页上，已经变成彩色画面，林亦天照例在上面画了一个星星封印。

这一系列变化，让旁边的白琦琦和狐妖族长，以及其他妖怪都看得一愣一愣的：传说中的《天星妖怪录》竟然在这里出现了？！而且还被一个人类少年操纵自如？！

狐妖族长一回过神就大声吼道："白夜光，早知道你在外面没干什么好事，但是《天星妖怪录》是你能随便乱碰的吗？！你想让狐妖族遭受灭顶之灾吗？！"

白夜光嘴角扬起一抹冷笑："无所谓，反正狐妖族和天星家族都是我的仇人。"说着，他便拉起林亦天的手，飞过狐妖家族的大门口，穿向妖界与人界之间的结界。

Chapter 05
这里是五百年前的花羽国宫殿

"我来世间走一场，能和你相遇已经是奇迹，是你证明了我存在的意义。"

——白蛇

一、小丑猫

六月的阳光灿烂夺目，绿色草地散发出清香。

终于呼吸到人间的空气，林亦天觉得特别清新舒服，如果不是旁边的狐妖少年一站稳就立刻嫌弃般地甩开他的手，他此刻一定心情很好。

"你干吗又摆臭脸啊？我知道你之前跟我说那句话是因为你恨天星家族，可是天星家族真的和我没什么关系！"

在狐妖家族听了白夜光的故事，林亦天才知道白夜光的父母是被天星家族的阴阳师所杀，那么他那时仇视的心情也可以理解了。

"你不是天星的转世吗？怎么可能跟你没关系？"

"那关我屁事啊！我只知道我是林亦天，而且我下定决心，总有一天我要成为一个强大的阴阳师，但绝不是为了你们！"

白夜光沉默了一会儿，冷冷道："阴阳师吗？那我和你就更是敌人了，你别忘了我可是妖。"

"那我们以前的契约呢？"

林亦天直视着他，举起自己的右手，那个红色的月亮形印记还在那里。

白夜光避开他的眼神，侧过身："我会尽快从师父那里学到解除契约的法术，那之后我们就不再是契约者。你去当你的阴阳师，而我也不会放弃《天星妖怪录》。"

"好！那就照你说的，我们以后就是敌人！"林亦天被他冷硬的态度气到，放下狠话转身就走。

谁都没有发现，在他们背道而驰的地方，有一只白鸽扑翅而起。

林亦天在心里愤愤地想着：自己真心想把他当朋友，他却一定要把自己当作敌人。这样一个人，真宁愿他从未出现过。一切就当是一场梦。

如果一切只是噩梦一场，就这么过去该有多好。

然而星期一的一大早，看到天星耀和天星雨出现在高一F班的时候，林亦天就强烈感觉到噩梦还没有结束。

天星耀还是带着那只白鸽，天星雨还是装扮成女生的样子。林亦天看到这两个人就感觉不舒服。

但是当着全班人的面，他们也只好佯装若无其事。

中午休息的时间，三个人又在图书馆后面偏静的角落碰面。

"这几天哥哥又抓到了一只从《天星妖怪录》里逃出来的妖怪。"取出一个微微透着绿光的天星魔瓶，天星雨微扬着白皙秀丽的脸。

若不是因为看过他的男装打扮，林亦天一定还会毫无疑问地以为他是一个女生。

真是可怕。

"你们该不会又想用这只妖怪跟我交换什么吧？告诉你们，我是不会同意的。"

难怪这几天没有看到他们，原来又跑去抓妖了。

林亦天暗自打量着静坐在一旁的天星耀，他还是优雅地逗弄着那只白鸽，表情波澜不惊。

天星耀淡淡地说："白夜光和《天星妖怪录》都没在你那儿，你又拒绝加入天星家族，你觉得你还有什么筹码值得跟我们交换？"

林亦天哼了一声："既然如此，那你们还来找我干什么？"

天星雨说："我们来找你，是因为发现了一些古怪的秘密，希望你跟我们合作。"

林亦天扬起头："我为什么要跟你们合作？实话说，虽然你们是那什么天星家族的人，好像很光荣很伟大，但我可不觉得你们两个是什么好人。"

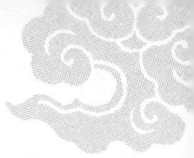

"你……"天星雨明显被这不敬的话触怒，却又把反驳的话吞了下去，阴沉着脸侧过头，"这事关乎你那个同桌的性命，我劝你还是考虑考虑再做决定吧。"

"你什么意思？"林亦天诧异地睁大眼，"这事关任枫什么事？"

天星耀抬起眼看向他："只要你好好配合我们，你很快就知道是怎么回事了。"

林亦天皱眉："有事你就说啊，干吗故弄玄虚？"

天星耀难得耐心地解释："不是故弄玄虚，只是目前我们也不清楚具体情况，只是有一些猜想，如果顺着这些猜想证实下去，说不定很多事情就豁然开朗了。"

他到底想知道什么秘密？

虽然不太懂他的意思，林亦天还是点头答应。再怎么样不想和他们合作，他也一定要顾及任枫的性命啊。

被天星耀装在魔瓶里的妖怪叫作小丑猫，据说是一只长相十分丑陋的猫妖，但是性格十分单纯忧郁，并且有一双很有穿透力的眼睛。小丑猫这双具有魔性的眼睛，不会被任何事物的表象迷惑，能清楚地看到事情的真相。

小丑猫从《天星妖怪录》里逃出去后，就一直很想回到原来的家，可是还没找到回家的路，就被天星耀他们抓到了。

按照天星耀的指示，林亦天趁任枫出去上厕所的时候，把那个装有猫妖的魔瓶放到了任枫的抽屉里。

"你刚刚拿的是什么啊？为什么会发光？"

于诗影的声音忽然从背后传来，把林亦天吓了一跳，他正不知如何解答，天星雨从旁边走过，好似不经意地笑着说："诗影，你不会是对人家的私人物品有兴趣吧？"

于诗影连忙收起好奇的目光，摆出一副高傲的姿态："我才没兴趣看呢。"

等任枫走进教室，林亦天心怀忐忑地看他笑着过来坐下。

在任枫坐下的时候，林亦天发现他脸色顿时一变，同时抽屉里发出异光。林亦天眼见着那道光芒冲撞到任枫身上，冲撞出另外一道光芒，那似乎是一个灵体，飞快地飞向教室外。当那透明的灵体一离开任枫的身体，任枫便晕倒在课桌上了。

"任枫！"

林亦天惊叫一声。与此同时，有两道身影飞奔了出去，追着那个透明的灵体。

"怎么回事啊？他怎么突然晕倒了？"看到任枫突然晕倒，左晓曼和许多同学都围过来了。

"呃……他可能是身体有点儿不舒服，我送他去医务室休息一下就好了。"林亦天一边说着，一边悄悄把天星魔瓶塞到口袋里，然后扶起任枫，但是他一个人明显支撑不住，幸亏另一边有一只手扶起任枫。

林亦天抬头一看，竟然是于诗影。

"咦？"

"干吗？"于诗影避开他的目光，"我只是帮忙一起送他去医务室而已。"

"好吧，那走吧。"

两人扶着晕倒的任枫走过走廊，却看到有许多白鸽飞过。

于诗影诧异地问道："真奇怪，怎么又有这么多白鸽啊？"

林亦天看着白鸽飞去的方向，心里隐隐不安，他把任枫的身体推到于诗影身上："诗影，我尿急，麻烦你送他去医务室吧。"

"喂……"

于诗影被重力压迫只能反手抱住任枫，眼看着林亦天飞跑而去，再看看紧靠着她的任枫，她的眉头舒展开，流露出一抹温柔。

⚜ 二、回到过去

天星耀说过，那个装有猫妖的魔瓶遇到其他力量就会起冲撞，让伪装的灵体现出原形。刚刚在教室发生的情况就足以证明，任枫早就被妖怪附身了。

据天星耀猜测，那应该是一只千年以上修行的妖怪，所以他能控制住妖气，不会轻易被发现。

其实仔细想起来，好像任枫早就有些不对劲了。和天星耀他们摊牌、白夜光发现自己是天星转世的那天，任枫的出现就很巧合，之后他的言行好像也有些不对劲。虽然看似合情合理，但是他救狐妖白琦琦，并把她送给自己收养这件事好像也太过巧合了。

林亦天跟着那群白鸽，在学校的小树林找到了天星耀和天星雨，他看到天星耀正用法术控制那群白鸽团团围住那个想要飞走的妖怪。

就在这时，突然一道蓝影闪过，伴随着几团狐火，打飞了一只只白鸽，让那只妖怪突围而出。

"白夜光！"林亦天瞪大眼惊叫，怎么也没想到他会突然出现。

白夜光没有看他，扯下身上的外衣包裹住那只妖怪，然后飞走了。

"追！"天星耀一挥手，指挥着那群白鸽追向白夜光。

天星雨走到天星耀身边，说道："哥哥，你猜得没错，那只妖怪果然跟白夜光有关系。"

林亦天也走过来，气愤地说道："原来你们是想引出白夜光，你们还是对《天星妖怪录》不死心。"

天星雨阴恻恻地看了他一眼："怎么可能会死心？那可是我们天星家族的至高圣物。"

"别说了，我们现在追过去看看。"天星耀说着就追着白鸽飞走的方向跑，天星雨和林亦天也跟了上去。

白夜光飞快地飞离了新圣中学，在一处僻静的小巷停下来，打开包裹起来的蓝色衣袍，把那只妖怪放出来，恭敬地叫了一声："师父。"

那透明的妖怪慢慢凝聚成形，变成了一个穿黑色披风的老者，他拉下遮住脸的风帽，露出白须白发，仿佛有几分神秘高深，但是神情灵活，眼神如同顽童。

"阿光，幸亏你来得及时，否则我黑老头儿今天就一世英名尽毁，落入天星家族的圈套了。"

白夜光脸色冷肃，似乎若有所思，没等他说话，那群白鸽就飞进了巷子。

黑袍老者立刻警觉起来："他们又来了，快走！"

"不留下《天星妖怪录》还想走？！"天星雨飞身而出，手持除魔剑，拦在了巷口。

天星耀从巷口走进来，白鸽落在他的肩头，仍旧从容不迫。他的目光盯向黑老头儿："这位应该就是当初从我们天星山庄盗走《天星妖怪录》的元凶吧？今天是不是应该物归原主了？"

黑老头儿抚须笑呵呵地说道："原来是天星家族的少主，老头儿我当初只是想借《天星妖怪录》看看，可是没想到吧，这书我怎么都打不开，其实也挺没意思的。"

说着，他就将怀里的暗红色魔法书拿出来。

"师父！你……"白夜光难以置信地看向黑老头儿，这才知道，师父刚刚趁他不注意的时候，不知不觉地把他身上的《天星妖怪录》偷过去了。

妙手神偷，果然不愧是他的师父。

天星耀和天星雨一见《天星妖怪录》，立刻警惕地盯住。

"都别动，小爷来了！"

林亦天冲了出来，把那个天星魔瓶扔出来。天星魔瓶擦过黑老头儿身边，摔在墙上打碎了。

在莹莹的绿色光芒中，一只有着灰暗条纹皮毛的猫妖逃窜出来。

随着一声猫叫，《天星妖怪录》也震动起来，上面的金色星星徽章闪耀着光芒。

"我要回家！"

众目睽睽之下，那本《天星妖怪录》腾飞而起，书页哗哗翻响，发出耀眼的光芒，形成了一个光芒旋涡。五个人的视线模糊一片，很快被吸入了那个光口。

视线再清晰之时，五个人却站在了一个风景如画的花园里。近处是清新的草木和鲜花，不远处有瑰丽辉煌的宫殿群立，仿佛仙境一般美丽。

"天啊，这里是记忆幻境，"天星雨观察了一圈儿，"好像是另一个时空。"

"是五百年前的时空。"接下话的是一脸不屑的白夜光。

林亦天疑惑道："难道……又跟上次一样，我们跟着《天星妖怪录》的力量穿越了？"

天星耀没有说话，他注意到，那个不久前还装疯卖傻的黑老头儿脸色格外沉静严肃，看着周围风景的眼神十分复杂。

"小家伙，原来你在这里呀，我找了你好久了。"

随着一个女孩儿清甜的声音响起，五个人看到花园的花丛边，有一个穿着粉红色宫廷服的女孩儿。

她拥有一头黑色长发，脸上带着天真的笑容，抱着一只灰暗条纹皮毛的猫。

那只猫虽然皮毛长得不太漂亮，但是一双绿莹莹的眼睛特别明亮，它窝在女孩儿的怀里，享受着她细长手指的抚摸，十分舒服的样子。

黑老头儿看着那个女孩儿的背影，眼神震惊，根本没注意到天星耀一直在观察他。

"主人，我好想你……"

在离他们不远处，那只猫妖幻化成一个少年的人形，瘦瘦的身体，灰暗粗糙的皮肤，略显毛躁的头发，一双明亮的绿色眼睛流下了晶莹的眼泪。

林亦天轻轻走到猫妖身边，递给他一张纸巾："好啦，别哭了，能不能请你告诉我，这里是什么地方？"

"这里是我的家……花羽国的皇宫……"

猫妖接过纸巾擦眼泪，抽噎道："但是现在只能在幻境里重现了，我找不到回家的路了。"

"花羽国？那不是天星大人的故乡吗？要不你给我讲讲详细情况，说不定我可以帮你。"林亦天很感兴趣地说道。

猫妖擦干眼泪，定睛看着林亦天，忽然露出讶异的神色："你……你是天星大人的转世？"

林亦天诧异了："咦，你怎么一看就知道？"

"因为你身上有天星大人的灵魂，我能感觉到那股力量……五百多年前，天星大人还是花羽国公主的时候，我就是她的宠物，后来才被收入《天星妖怪录》。"

"你是说，你的主人就是天星大人，刚刚那个女孩儿就是天星大人？"

"是的，她是少女时期的天星公主。"猫妖看向旁边的四个人，观察了一圈儿，微微眯起眼睛，"你们两个是天星家族的人，你们两个是狐妖……但是好奇怪，我是不是曾经见过你们，为什么感觉有点儿熟悉呢？"

黑老头儿摸摸胡须笑呵呵地说道："你是在跟黑老头儿我套近乎吗？好像很多人都用这套啊。"

林亦天拉过猫妖，无奈地说道："你别理这疯子，他除了胡言乱语、乱附身于别人不会干什么好事，你过来跟我说说花羽国和天星大人的事吧。"

"疯子？"黑老头儿好像受到刺激，突然兴奋起来，"哈哈，我最喜欢别人叫我疯子了，黑老头儿我就是疯子！"

他一边疯疯癫癫地说着，一边甩出一团狐火。

记忆幻境的结界受到狐火的破坏，转瞬间，花羽国宫殿和花园，还有那个女孩儿都变成虚无，所有人又回到原来的那个小巷子。

悬浮在空中的《天星妖怪录》降落下来，瞬间成为众人争抢的对象，但《天星妖怪录》却自主地飞向了林亦天。

林亦天伸手抱住那本暗红色的魔法书，那魔法力量撞击着他，让他感觉体内仿佛又有在什么撕扯摇晃了几下。

天星耀、天星雨、白夜光和黑老头儿四人看到他得到《天星妖怪录》都是一惊。然而没等他们出手，就有两只精灵飞过来，那是青雪和炎冰，他们化身为人形，一左一右站在林亦天身边。

炎冰笑眯眯道："小天果然很棒，终于拿到了《天星妖怪录》，我们早就等着这一刻了！"

青雪目光清冷地看向其他人："现在《天星妖怪录》才算是真正的物归原主，你们都可以死心了。当然，偷盗《天星妖怪录》的妖怪必须接受惩罚。"

只见黑老头儿飞快地甩出几团狐火，拉着白夜光飞身而起，瞬间就消失不见了。

❧ 三、小龙王

继小彩之后，林亦天又把这只小丑猫收为了式神，取名"君澈"。

"这个名字真好听……"猫妖少年低下了头，"可是我长得这么难看……"

林亦天拍了一下他的肩："才没有，你的眼睛很美啊，晶莹透彻，能看到所有表象下的真相，叫这个名字不是很好吗？"

"谢谢主人。"猫妖少年有些羞涩地笑了。

林亦天摸摸他的头："君澈，你听我说，以后不要再想着回到过去的家了，现在是你新的开始，这里就是你的家，我就是你的家人，我们要一起成长。"

"喂喂，收了新式神，亦天是不是就忘记我的存在了？"一道七色光芒闪过，身穿黄色雪纺纱裙的小彩出现在房间里，不高兴地嘟着嘴，"枉我一直这么乖巧听话，却得不到主人的重视。"

"小彩，你又在演了。"林亦天笑着拍了拍她的肩膀，"快来帮我想想，应该把君澈变成什么形态？"

被收为式神的妖怪，通常都有一个固定形态，用来存在于现世，没有灵力的普通人类只会看到这个形态，式神通常以这种形态跟随主人。

小彩的形态就是蝴蝶玉佩，林亦天可以随意把蝴蝶玉佩挂在包上或放在口袋里。

小彩看了君澈一会儿，笑道："看他一副很内向的样子，不如把他变成手表吧，他一定会小心翼翼地记录时间。"

"手表？好主意！"林亦天笑起来，"君澈，你以后就变成我的手表好了！"

"好，谢谢主人。"君澈低着头，被小彩看得颇不好意思，总觉得在美貌的小彩的映衬下，自己更难看了。

有了精灵妖怪神青雪和炎冰的保护，天星耀和天星雨暂时不敢来打扰林亦天，林亦天去上学的时候也依然会在班上见到他们。

他们都是自小经过严格训练的人，所以即使发生过那么多的事情，他们也好像若无其事一样。

让人比较担心的是任枫，自从附身在他身上的狐妖黑老头儿被赶走后，很多事情他都不记得了，但又有一些残留的印象，这让他很困惑。他经常拉着林亦天问东问西，因为他感觉那些乱七八糟的记忆跟林亦天有关。

林亦天实在觉得有隐患，于是决定找个机会把他那些记忆抹去。

自从林亦天吞掉绿光宝石之后，他感觉自己的体力和控制魔法的能力都变强了，更奇妙的是，他还顺理成章地拥有了读取、抹除人记忆的能力。

这也许真的是因为他是天星转世的原因，所以他天生对魔法敏感，接受魔法的能力特别强。

但是他每次接触魔法的时候，就感觉身体里似乎有另一股力量在冲撞，那种感觉让他有些害怕。所以，不是特别必要的时候，他并不想多碰魔法。

可是任枫这事是非解决不可的，于是放学的时候，他有意等着任枫一起回家。

他们一起走出校门的时候，并没有注意到有一只白鸽跟着他们。

"把那一段不属于你的零碎记忆都忘记，什么都没发生过，你只是你自己任枫。"

在一处僻静街角的树下，林亦天把手放在任枫头上对他施法。任枫的眼神呈现空洞状，当林亦天拿开手时，他才恢复正常。

林亦天连忙装作什么都没发生一样，伸手弹了一下他的额头："老年痴呆啊，你发什么呆，你看到树上有鸟了吗？"

"你才老年痴呆，你全家都老年痴呆！"

任枫捂着额头一脸茫然，两个人就这样吵吵嚷嚷地离开了。

终于解决了隐患，林亦天放心回到家的时候，突然感到一阵熟悉的妖气，好像是狐妖，难道是……

林亦天连忙冲回房间，却看到一身红袍的狐妖少女正坐在桌前，揽镜自照。发现他的出现，她回头一脸不耐烦地看向他："本小姐等你很久了。"

"白琦琦？"他差点儿忘记了，这间房间里曾经住过两只狐妖。

"怎么？干吗露出那么失望的表情？你很不希望看到本小姐吗？"

"呃……没有，我只是很奇怪，你不是回狐妖家族了吗，怎么又来人界了？"

"我是来找狐仙大人的。"

"你找他干吗？"

"你问那么多干吗，本小姐只是来找你帮我找他。"

林亦天受不了她的臭脾气，挑眉道："我怎么知道他在哪儿？再说，我为什么一定要帮你找他？难道你还真以为我是你的仆人吗？"

白琦琦瞥了他一眼："你以为我喜欢找你啊？本小姐认识的人中，只有你见过狐仙大人的次数最多。"

"瞎说，我只是见过那个什么狐仙大人一次而已。"

"你才瞎说，你明明见过他很多次。上次我被女牛妖打伤，是狐仙大人救的我，后来他还把我送到你这儿来了。"

"那时候把你送到我这儿来的明明是任枫啊，哦不……是那个黑老头儿，是他附身在任枫身体里。"

林亦天越说越感觉不对。

那个黑老头儿不是白夜光的师父吗？他为什么要故意把白琦琦送到自己这里来？一切的巧合，都好像是预先计划好的阴谋。

"本来狐仙大人嘱咐过我，不要告诉别人他救我的事。但是话都说到这个份上了，我也不怕告诉你，那天附身在你那个同学身上的人就是狐仙大人。"

狐仙大人？林亦天惊讶地瞪大眼，那白夜光的师父黑老头儿又是怎么回事呢？

难道……黑老头儿就是狐仙大人？

可是这也太令人费解了，还有他做的一系列难以解释的奇怪事情，那到底是为什么呢？

"林亦天，你帮本小姐我又不会亏待你，你不是能操纵《天星妖怪录》吗？我碰巧抓到了一只从里面逃出来的妖怪。"

"你抓到了一只什么妖怪？"

"一条小金鱼，你不是见过狐仙大人吗？小金鱼也见过狐仙大人。你们联合起来，一定能帮我找到狐仙大人。"

据白琦琦描述，她回到狐妖家族不久后，狐妖族长就帮助她把伤治好了。

她一心想要再见到狐仙大人，在妖族到处打听狐仙大人的去向，但是却少有线索。

前天下午的时候，她路过一个小湖，发现那里的鱼类有异象。所有的鱼好像在避闪着什么似的，纷纷涌向别的方向。

她注意观察了一下，发现在鱼群游开的湖水区域，唯独留了一条小金鱼。

那条小金鱼孤傲地游在那一片湖水中，好像十分享受地在那里休养。

她觉得那条小金鱼好像非比寻常，靠近过去一探究竟，趁它不注意的时候把它捞上了岸。

没想到那条小金鱼立刻翻腾起来，大叫着："狐妖女，放开我！"

白琦琦一生气，更不可能放开它了，还把它放到了父亲给她防身用的收妖葫芦里。她知道鱼碰不到水就没法作为，但又感觉这小金鱼奇怪，看似是鱼妖，却没感觉到妖气。

白琦琦带着小金鱼继续到处打听狐仙大人的下落，许多妖怪都说从未见过，后来找到几个狼人，他们说在找林亦天追回绿光宝石的时候，曾见过狐仙大人现身，但是之后就再也没见过了。

"我也见过狐仙大人。"

忽然听见有人出声，白琦琦找了一阵才发现是待在收妖葫芦里的小金鱼在说话。

白琦琦便问小金鱼详细情况是怎么样的。

小金鱼原来住在海里，五百多年前，被收入《天星妖怪录》，因为在魔法书里待了太久，远离了海水太久，法力消失了，必须回到海水中休养才能恢复法力。

小金鱼说，如果白琦琦把它送回海里，它就告诉她狐仙大人的详细情况。

　　林亦天听完事情始末后问："接下来你打算怎么办？"

　　"你先和本小姐一起送这条小金鱼回海里，得到狐仙大人的详细情况之后，你再把它收回《天星妖怪录》，我就去找狐仙大人。"

　　林亦天想了想："好吧，那这个星期六我跟你去海边。"

　　在他们意见达成一致之后，那只在树上停了很久的白鸽终于扑翅而起，飞向了广阔的天空。

　　最后，那只白鸽落在一只修长的手上，天星耀收回手，听那只白鸽在他耳边细语。

　　半晌之后，他转头对天星雨说："准备星期六去海边。"

　　🌀 四、海底世界

　　西景市的邻城就是沿海城市，坐长途汽车两三个小时就可以到达海边。如果请精灵妖怪神帮忙，用他们的飞行术十几分钟就可以抵达。

　　但是因为白琦琦和他在一起，就有些不太方便了，况且这件事牵扯太多，不光是狐仙大人，还有白夜光和白夜光的师父，还有他和白夜光之间的关系。

　　所以林亦天决定，没有弄清楚这些事情的真相之前，暂且不找精灵妖怪神帮忙。他只是把蝴蝶玉佩和小猫手表都随身携带，然后带着《天星妖怪录》和白琦琦一起去了海边。

　　六月中旬的阳光下，海岸的天空蓝得格外纯粹，海水反射着阳光闪闪发光，一波一波的海水把零散的贝类冲上沙滩。

　　许多大人和孩子在这里游泳、沐浴阳光，颜色斑斓的泳衣装饰着沙滩，别有一番风情。

林亦天和白琦琦来到这里，呼吸着咸湿的空气，顿时觉得很舒服。但没等他们享受一会儿，就听到收妖葫芦里的小金鱼叫道："快放我出来！"

白琦琦语气不善："我们现在已经到海边了，随时可以放你出去，但是你必须要告诉本小姐狐仙大人的消息！"

"你先放我出来！"

"哼，你最好别给本小姐玩花样。"白琦琦打开收妖葫芦，放出了里面的小金鱼。

小金鱼跳跃着，一头扎进海水里，溅起银色的水花。五百年了，它终于又回到这片海水，它的法力终于可以恢复了！

眼看着那条小金鱼在海水中翻腾起越来越大的水花，白琦琦不耐烦地提醒道："喂，你还不快告诉我狐仙大人的消息！"

小金鱼继续在海水里翻腾，冷静地说道："我是见过狐仙大人，但是是在五百年前，他来过海边。"

"五百年前？"白琦琦一听就瞪大了眼，气得头发都要竖起来了，"小金鱼，你要本小姐是不是？！"

小金鱼不为所动地继续翻腾："我要你什么了？我五百年前确实见过狐仙大人。"

"你找死！"白琦琦气得炸毛，一挥袖子就往海里冲，"本小姐饶不了你！"

没想到会上演这一出，林亦天站在海边不知如何是好，眼看着白琦琦冲进海水里找那条小金鱼拼命，突然，海水激起一波大浪，将那条小金鱼卷入海水深处，白琦琦站在浅海里傻了眼。

在海边游玩的人们，发现海水有异象，以为是海啸要来了，吓得纷纷往岸上跑。

海水激荡着，一波未平一波又起，突然有一波大浪猛然蹿起，水花四溅中，有一条青色的龙从海水中蹿起。

那条小金鱼的真身居然是龙！

林亦天震惊地瞪大眼。

这个时候，海滩周围的人都跑光了。

更让林亦天没想到的是，天星耀和天星雨在这个时候突然出现，他们走过他旁边，看到那条龙居然没有很吃惊。

天星雨首先抽出除魔剑，飞奔向还站在浅海里傻眼的白琦琦，一剑击中她，然后拿出天星魔瓶把她收了进去。

"你们……"林亦天吃惊地看着这一切，最后转头瞪向天星耀，"好啊，你们坐收渔翁之利！"

"哥，别管他了，先抓住那条龙！"天星雨朝天星耀喊。

天星耀一言未发，也抽出除魔剑，跃身而起，和天星雨一左一右一起围攻那条青龙。

他们两兄弟互相配合使出天星家族的除妖剑术，形成了一个魔法阵，使得青龙无处可逃，只得甩着龙尾抵抗他们的招数。

情况紧急，林亦天正在想要不要找精灵妖怪神帮忙，突然听到那青龙一阵嘶吼，震得海面波澜四起。

没过一会儿，海面就有好几处卷起大浪。在那浪花中，扑腾蹿起八条颜色各异的龙来。它们头顶着龙角，瞪着龙眼，龙须间吐着气，甩着龙尾在海上激起千层浪。

青龙召唤来同族助阵，这不止让林亦天吃惊，连天星雨和天星耀也是深感意外。

八条龙掀起的惊涛巨浪扑向海岸，飞快地淹没沙滩。林亦天吓得连忙找地方躲，但是那巨浪来势凶猛，他还没来得及跑，就被卷入海里。

"林亦天！"天星耀一见他被海浪卷走，连忙放弃与青龙战斗，飞奔向林亦天的方向。

天星耀一走，他与天星雨的魔法阵立即消除，青龙得以逃脱，一甩龙尾将天星雨甩开，随即便一头扎进海里。

天星雨被甩出很远，落到岸上的大礁石上。他看到天星耀扑进海浪里，抓到林亦天的手臂，但是又很快被一条白龙的龙尾大力扫过，卷进更深的海里。

天星雨站起身向前走了几步，但最终还是止住了脚步。

九条龙一条接着一条扎进海里，溅起层层水花，待九条龙全部回到海里后，海面渐渐恢复平静，就像什么都没发生过。

天星雨站在大礁石上静静地看着海面，白皙秀丽的脸毫无表情，空洞的眼中却流下一滴眼泪。

他收好除魔剑和魔瓶，转身离开海边。

天星山庄的主楼大厅里，天星族的族长和长老们正在召开会议。

天星雨站在他们面前，神情悲戚："我和哥哥查出偷走《天星妖怪录》的元凶是狐妖白夜光的师父。那个黑老头儿的身份是假的，他其实是修行了千年的狐仙白世！我们本来准备继续追查下去，没想到哥哥却因此出了意外……他是被白世害死的。"

族长天星决面色震惊地呆愣住了，一旁的长老们悲愤地议论纷纷：

"可怜的少主居然牺牲了……"

"真想不到居然是白世偷走了《天星妖怪录》……"

"又是白世！天星大人当年就是被白世所害啊！"

"这个白世，虽然已经修炼成仙，但依然在祸害我们天星族！"

"这么多年了，我们不能再轻易放过那些狐妖！"

"对，这次我们一定要为天星家族讨回公道！"

天星雨放出了魔瓶中的白琦琦，将她绑在锁妖柱上，向众人宣告："这个狐妖女是狐妖族长的女儿，我们可以利用她铲除狐妖族！"

蔚蓝的海水，波光粼粼。

他们一直在下沉，慢慢地沉入海底。

林亦天模糊的意识中，感觉到有人给他吃了一颗药丸，使溺水的他渐渐感到舒缓，仿佛在水中能够自由呼吸一般。

他睁开了眼，看到了面前的人。

在不断下沉中，面前的人的头发在海水中飘扬，他的眼睛乌黑明亮，他俊美的脸也似乎流淌着温柔。他只是静静地注视着林亦天，没有说任何话。但是他的眼神，仿佛在说：不要怕，不会有事。

终于不再下沉，林亦天的脚踩到了细软的海沙。

林亦天动了动嘴，发现竟然可以说话："你……你刚刚给我吃了什么？为什么我在海里不但能呼吸，还能说话？"

天星耀淡淡回道："是避水珠。"

林亦天环顾四周，发现他们似乎已经沉到最深的海底，脚下全是细软的海沙，周围是大片浮动的海草，还有各种海洋生物。

"我们到了海底？老天，这下我们怎么才能回到岸上啊？你这么聪明，能力这么强，一定有办法吧？"

天星耀轻轻摇头："海底是水族世界，岸上的生物到这里全都使不出法术，也没有办法联系外界。"

"那我也没有办法召唤式神了吗？"

"不行。"

"不会吧？那怎么办？"林亦天有点儿抓狂，突然又想到一个人，"对了，你弟弟天星雨应该会找人来救你吧？虽然我知道你们也不算什么好人，但能不能看在我们好歹也算同学一场的份上，拜托他把我也救出去呢？"

天星耀还是摇头，淡淡说道："他不会来救我。"

林亦天诧异地问道："你怎么这样说？你们不是兄弟吗？他怎么可能不找人来救你？"

"你太不了解人心了。虽然我和雨是兄弟，他也一直很敬重我，我们是很好的合作伙伴，但我们未必能够同生共死。我是天星家族的少主，如果我消失了，雨就是接任少主的最佳人选。我可以理解他。"

林亦天看着他漠然的表情，心里一阵震惊。

原来真相是这样残酷，世间所有的关系，难道都经不起真相的推敲？还是因为天星耀在天星家族中的特殊身份？

想必天星耀这般聪明又淡定的性格就是在家族的人情世故中磨炼出来的，但是虽然表面若无其事，他心里也会难过吧。

"那……你为什么会救我？"一个问题冒出脑海，林亦天忍不住问道。

以天星耀的身份、性格，还有他们的关系，他根本不必如此的。况且，他明明知道，天星雨不会来救他。他这样做，根本是自寻死路。

天星耀淡淡地回道："我也不知道。"

林亦天的心微微一颤，也许在危难时刻，天星耀的本能反应证明了他不是一个坏人吧。

林亦天的眼神慢慢柔软下来，透出勇气的光芒："谢谢你，天星耀。为了感谢你，我答应你，我们都不能死，我们要好好地活着回到岸上。"

天星耀抬起眼看他。

林亦天笑了笑，摆摆手往前走："好啦，不要太感动哦。少主大人，现在我们先去前面看看吧，说不定有办法回到岸上。"

五、沉没的宫殿

他们穿过在海水中浮动的海草，周围还有一些叫不出名字的鱼类游来游去。

林亦天看到天星耀伸出手，有一条红色的鱼游到他手中。天星耀不知道对它说了什么，红色鱼也回应着他，嘴里不停地冒着泡泡。

这家伙居然连鱼类都可以沟通？太厉害了吧。

林亦天诧异地看着他，问道："你在干什么？"

"问路。"天星耀放下手，那条红色鱼摇摇尾巴就游走了，"我们去那边，那条鱼说看到青龙往那边去了。"

"天星耀，其实我一直都很好奇，为什么你那么喜欢动物，却好像不太喜欢和人相处？"林亦天跟在天星耀身边问道。

天星耀看了他一眼："你不觉得动物比人单纯得多吗？"

林亦天想了想，点点头："也是，人心太复杂了。"

林亦天跟着天星耀，穿过大片贝类生物后，看到不远处有一处奇怪的景观，黑压压的一大片。那仿佛是一座巨大的山，而走近才发现，那里掩埋着一座已经长满绿色植物的宫殿，衰败而暗无光彩，但是大部分的构建还在，依稀看得出它曾经的辉煌。

"这里是龙宫吗？怎么会是这个样子？"林亦天很疑惑，虽然从来没有见过，但是凭感觉龙宫应该是金碧辉煌布满奇珍异宝才对。

天星耀仔细观察了一会儿，回道："应该不是，这座宫殿好像是从陆地上沉下来的。"

"你说得没错，这是五百年前花羽国的宫殿。你们能活着走到这里，算你们本事大。"

这个低沉的声音响起，青龙从一扇破败的宫门中游出，背上还驮着一只还在沉睡的白皮蛇妖。

五百年前的花羽国宫殿？

林亦天和天星耀诧异地对视了一眼，那么也就是说，天星大人的故乡、君澈想要寻找的家，早在五百年前就已经沉入到这片海底了？

天星耀看向青龙，谦和有礼："我是天星大人的传人天星耀，之前我要抓你是为了《天星妖怪录》，希望你可以理解。"

"在岸上你使出天星大人的剑术时我就感觉出来了，我本来跟天星大人定有契约，私自逃出《天星妖怪录》实属我的错，但是为了见她一面，我也顾不了那么多了。"

天星耀看了一眼青龙背上的白蛇："她为什么会一直沉睡？也许我们可以帮帮你。"

青龙放下背上的白蛇，然后用龙身缠绕着她僵硬沉睡的身体，用他的龙角轻抵着她的蛇头，轻轻摩擦："都是因为我，我本是龙族的王子，却很少有和我合得来的水族，直到遇到了小白，我们真心相爱了……但就因为她是蛇妖，其他龙族歧视她，不准她和我在一起，还把她打成重伤……"

龙族王子？

难怪他可以召唤龙族帮他抗敌。

林亦天在心里感叹，尊贵的龙族王子与低微的蛇妖之恋，必定有一段可歌可泣的故事。

"五百年前，她受了很重的伤，是天星大人帮我救了她，把一息尚存的她救活，保存住了她的精元，而条件就是我要和天星大人签订契约，进入《天星妖怪录》。我怕她醒过来见不到我会难过，就请天星大人让她沉睡，我把她送来这座沉入海底的宫殿，没有人会找到她，没有人能打扰她。"

林亦天不由得开口："你好傻，她这样一直沉睡，你进入了《天星妖怪录》，这样你们还是不能在一起啊。"

青龙轻轻摇头，看着已经沉睡了五百多年的白蛇："只要知道她还活着，即使她不在我身边，我也还是会觉得有希望。这就够了。我现在终于又见到她了，只可惜……她却无法看到我。"

天星耀看着他们，说道："小龙王，我可以试着帮你唤醒她，但是你能先送我们上岸吗？只有在岸上，我才能施展法术。"

青龙点点头，说道："你是天星大人的传人，一定可以帮她的。只要你能唤醒她，我愿意为你做任何事。"

片刻之后，青龙驮着沉睡的白蛇、天星耀和林亦天往海岸游去。

蔚蓝透明的海水流过身体，林亦天骑在龙身上，看着各种各样的鱼类从身边游过，感觉非常奇妙。

若不是因为还有正事要做，他真想在这海底世界好好游玩一番，要是能拍下照片就更好了。

青龙带着他们上了岸，在一块隐秘的大礁石后面落脚。

青龙将白蛇放在礁石上，一阵青烟过后，他化身为一个眉目清俊的青衣男子，诚恳地看向天星耀和林亦天："拜托你们帮我唤醒她。"

天星耀轻轻点头，将手伸到白蛇的头上，过了一会儿，他微微皱起眉："白蛇曾经受过重创，天星大人虽然救活了她，保住了她的精元，却也封住了她的力量……"

"对了，差点儿忘了我有绿光宝石啊！"

林亦天突然醒悟地打断了他的话，笑着拍了拍小龙王的肩："你放心好了，绿光宝石的力量一定可以唤醒她！"

"你可以吗？"

天星耀看向他的眼神有些隐忧。

林亦天轻瞪了他一眼："干吗这么不相信我啊，就算我不是天星家族的人，我好歹也算是个入门级的阴阳师啊。"

林亦天走到白蛇面前蹲下，将手放在白蛇的头上，闭上眼运用体内绿光宝石的力量，使出治愈的法术。

柔和的绿色光芒笼罩在白蛇的头上，白蛇僵硬的身体慢慢变得柔软。越来越强烈的绿色光芒笼罩在白蛇的身上，白蛇的身形一晃，变成一个身穿白衣、有着一头乌黑长发的女子，她白皙清丽的脸庞渐渐有了些血色。

小龙王紧张地看着她，终于，他看到她的睫毛微微颤动，慢慢睁开了眼，他连忙扑过去握住她的手："小白，你终于醒了！"

林亦天收回手，站到一旁让这对久违的情侣重逢，却不想脚步虚浮差点儿摔倒，幸亏天星耀及时扶住他。

"你没事吧？"

林亦天摇摇头，想笑却没有力气，他用手撑住头："没事，可能是动用太多灵力了，我觉得头有点儿痛……"

何止头有点儿痛，简直是全身都在痛，这次使用法术后的不适反应比以往任何一次都强烈，他感觉有两股力量不断地在他身体里冲撞，仿佛在战斗。

他从没有告诉任何人，他有时候的确能感受到身体里好像有两个灵魂，尤其是在他接触有魔力的东西时，他经常感到身体里有一股撕裂的力量，仿佛要把他撕开一样不停地和他战斗。

随着他接触的有魔力的东西越来越多，那种感觉出现的次数也越来越多，让他有种难以形容的恐惧不安。

"你去旁边先休息一会儿吧。"

天星耀扶着林亦天到一旁的礁石上坐下。

白蛇看着小龙王，脸上带着满足的微笑，她伸手抚摸小龙王的脸，深情地说："好久不见，我很想你。"

小龙王喜悦地把她搂进怀里："我也很想你，一直都很想你！"

他紧紧地抱着她，五百年的离别之苦在此刻都化成激动的喜悦，千言万语都说不出他的思念之情，此刻他只想紧紧地抱着她。

突然，他感觉到她的身体逐渐变得轻薄。

小龙王放开了她，诧异地看到她的脸色也变得异样，他紧张地握着她的手："小白，你怎么了，哪里不舒服吗？"

天星耀和林亦天听到小龙王的惊叫，也紧张地看过来。他们看到白蛇伸手抚摸着小龙王的脸，她苍白的脸上带着温柔的微笑，但她的身体却似乎在一点点变得透明。

"怎么会这样？扶我过去一下！"林亦天忍着浑身的痛，在天星耀的搀扶下走到白蛇面前，"我明明用治愈术治好了你啊，怎么会这样？我是不是做错了什么？"

白蛇微笑着摇摇头："不是你的错，当初我受了重伤只剩最后一口气，多亏天星大人保住了我的精元，把我的力量封在体内让我沉睡，但是……当我吐出那最后一口气，我就会灰飞烟灭。"

小龙王的眼泪一瞬间掉下来，他紧握着她的手，想努力抓住她，却只是徒劳："不要，你不要消失……我好不容易才能再见到你，我不要你消失……"

白蛇微笑着看着他，眼神温柔如水："你不要哭，能留着这口气再见到你，我已经心满意足。我来世间走一场，能和你相遇已经是幸运，是你证明了我存在的意义。我的龙王子，就算是为了我，你也要好好地活下去。"

眼看着白蛇的身体越来越透明，她脸上的笑容却从未消失。

看到白蛇完全消失，小龙王的怀里只剩一片虚无，林亦天的眼眶也红了，这时他感觉体内的痛楚更加强烈，他终于晕了过去。

　　"林亦天！"天星耀惊叫着扶住了他，看到他脸上闪现着异样的红光，仿佛他的体内正承受着莫大的痛苦，天星耀神色凝重地抱起他，"我送你去天星山庄，一定有办法治好你。"

　　正当天星耀准备快步离开的时候，从悲痛中回过神的小龙王叫住了他："等一下，让我送你们去吧。"

　　海风之中的沙滩上，青衣男子在一团青烟之中化作一条青龙，天星耀扶着昏迷的林亦天骑上了龙身。

　　天际的夕阳沉入海平线，余晖照在骑龙的少年们身上，此时的他们不知道天星山庄里的风起云涌，也不知道他们即将要面对的是什么……

　　天星耀沉默地握紧了林亦天的手，望着天边的最后一丝余晖渐渐消失殆尽……

Chapter 06
没有你我也会过得很好

同生共死,不离不弃。

这是他们从未说出口,却一直履行的承诺。可为何证明这幸福的方式,却是如此痛苦的代价。

——青雪 炎冰

～一、复生之魔

远离市区、地势隐秘的无名山林之中，一个山谷的中心有一大片湖水，湖边有许多漂亮的丹顶鹤，它们有的在湖中玩耍，有的在湖边漫步。

在这样仿佛与世隔绝的山林中，它们美得好像仙境里的精灵。

在普通人用肉眼无法察觉的上空，一条青色的巨龙飞舞而过，它的速度极快，龙角破空入云，龙尾一闪不见，云下的人类世界在龙身下快速移动。

青龙在湖边落地之后，化身为青衣男子，扶住身体虚弱的林亦天。

天星耀便抽出除魔剑，施法打开结界，原本看似空荡的湖泊上出现了一座宏丽威严的古城。

天星耀带着青龙和林亦天进入天星山庄，守门的天星族门卫们看到天星耀回来特别吃惊。他们告诉天星耀，天星雨把狐妖族长的女儿白琦琦带回来关在锁妖塔，他告诉全族人是狐仙白世害死了少主。

族长尤其痛心和愤怒，已经带着几位长老和大批精锐的天星族人去攻打狐妖族了。

他们要把狐妖族长白莫峰和所有的狐妖收进锁妖塔，想借此逼狐仙白世现身。如果狐妖族反抗，他们就杀掉白琦琦。

这下让天星耀为难了。

虽然天星家族是以除妖为本职的阴阳师世家，而且因为天星大人的缘故，尤其痛恨狐妖族。

但是，如果不是穷凶极恶祸害人间的妖族，阴阳师还是以和平原则与其相处的，毕竟三界各归其位，万物还是以和平为主。

这次天星家族对整个狐妖族如此大动干戈，恐怕会引起很多不好的影响。

更重要的是，这场战事应该是天星雨的阴谋，如果不阻止恐怕会有更大的祸端。

"林亦天，你怎么样了？"正在焦虑的时候，天星耀看到刚刚被他放在一边、靠着椅背的林亦天坐起了身子。

其实进了天星山庄之后，林亦天的意识就清醒了些，只是精神状态很差，他也听到了天星族人和天星耀说的话。

"我没什么大碍，你先去阻止天星家族和狐妖族的战斗。我留在这里，等会儿去看看白琦琦。"

看到天星耀不放心的眼神，林亦天勉强笑了笑："你不要小看我，我还有精灵妖怪神啊，我会让他们来帮我的。"

说着，林亦天就开始召唤精灵妖怪神。

不一会儿，他们就出现在他的身边。

看到青雪和炎冰这两个在天星山庄的神庙里待了几百年的妖怪神，天星耀也就稍微放心了，他郑重地看向他们："药馆里有各种治伤的药，林亦天就交给你们了。"

炎冰笑眯眯地回道："少主放心好了，天星山庄我们比你还熟。"

天星耀最后深深看了林亦天一眼，就和青龙快速离开了。

等他们一离开，强撑着坐起的林亦天马上就倒下了。

青雪走到面色苍白、身体虚弱的林亦天身边，伸手放在他的额头上："他的情况好像不太对劲，好像有两股力量在他的体内斗争。"

"对……就是这种感觉……"林亦天吃力地睁开眼，"能不能帮帮我，把体内的绿光宝石取出来？"

炎冰摸着下巴凑过来："这个绿光宝石很有灵性，是会自己认主的，它既然在你体内存在了这么长时间，应该已经对你认主了，如果外力强行把它从你体内拿出来，恐怕你会受到不小的伤害。小天，你只能自己试着运用它的能量。"

林亦天调息了一下，然后试着运气和体内的绿光宝石互动。

原本他体内有两股力量在斗争，在他用自己的意识去影响绿光宝石的时候，绿光宝石的力量仿佛压住了另一股力量，他感觉身体的痛苦瞬间消减了很多。

"真奇怪……"过了一会儿，林亦天揉了揉太阳穴站起身，"算了，反正我现在也不疼了，先去看看白琦琦吧。"

青雪和炎冰引着林亦天来到天星山庄的锁妖塔。

那是一座高耸的八角塔，历来是天星家族用来封印妖怪的圣地。

他们来到塔的第七层，看到了被铁链绑在锁妖柱上的白琦琦，一身红袍的她似乎很疲倦，歪着头睡着了。

林亦天过去拍醒她："白琦琦，你没事吧？"

白琦琦睁开眼看到他，皱眉大喊："当然有事，本小姐非常不舒服，快点儿把本小姐放下来！"

这狐妖女真是死性不改，林亦天深感无奈，让炎冰把白琦琦从锁妖柱上解下来。

白琦琦刚被解救下来就开始破口大骂："那个该死的天星雨真是无敌大浑蛋，居然想利用本小姐要挟我老爹，抓我们狐妖族逼狐仙大人现身！"她一把抓住林亦天的手，"林亦天，这次算本小姐求你了，绝对不能让他们得逞！"

林亦天脱口道："不用你求我我也要做这件事，就算是为了白夜光，我也不能眼看着白世落难。"

白琦琦疑惑地看着他："这事跟白夜光那小子有什么关系？他早就巴不得看到我们狐妖家族落难了。说起来，你跟白夜光那小子到底是什么关系？上次在狐妖家族就看出你和他很熟！"

"呃……"

这些事现在还不能告诉白琦琦，尤其是白夜光的师父黑老头儿可能就是狐仙大人，说出来搞不好会出大乱子的。林亦天一边在心里想着，一边转了转眼珠，连忙转移话题："别说没用的了，我们还是赶紧去狐妖家族帮忙吧！"

林亦天拉起白琦琦就往锁妖塔的大门口走，突然，他感到体内那阵熟悉的痛苦又出现了，好像刚刚被绿光宝石压住的那股力量又开始斗争了。

这次引发的痛苦强烈得他头痛欲裂，他完全控制不了地倒在地上打起滚来。

"林亦天，你怎么了？"白琦琦被他吓了一跳，一旁的青雪和炎冰也连忙围过来。

林亦天痛苦地在地上打滚，当青雪和炎冰企图扶起他时，他突然回头瞪向他们，他的眼睛闪着陌生的妖异红光，让青雪和炎冰瞬间就被定在原地，不能动弹了。

白琦琦惊呆了，她不明白发生了什么事。

她看到林亦天像是完全变了一个人一样，他看向她，脸上带着妩媚又狰狞的笑。

"我等了好久，终于等到这个机会了……呵呵，这个身体我控制不了了，我需要一个妖的身体，你很适合。"

林亦天一把抓住白琦琦，一掌打在白琦琦的头顶上。

那恐怖的力量让白琦琦完全挣扎不了，她只能惊恐地睁大眼。她的头顶冒出一缕缕青烟，当那青烟消失，她的眼睛也只剩一片了无生气的空洞。

林亦天的手掌中，有一股黑烟流出，灌入红衣少女的头顶。当那黑烟完全灌入红衣少女的头顶时，林亦天眼中的红光消失，身体无力地倒在地上。

而白琦琦再次睁开了眼，眼中闪过妖异的红光，她妩媚地笑了起来，站起身张开双臂，仰面笑道："我终于重生了！"

被定住的青雪和炎冰眼睁睁地看着这一幕，身体却完全不能动弹。

眼前的这个白琦琦，这个明显变得不一样的红衣少女，在他们看来既熟悉又陌生……

在他们还不可置信的时候，红衣少女回过头对他们一笑，眼睛闪过妖异的红光，让被定住身体的青雪和炎冰得以释放。

"青雪，炎冰，好久不见啊。"

青雪和炎冰震惊地看着她，把心中的疑虑问出口："您……真的是天星大人？怎么会这样？"

红衣少女微笑着整理着自己的头发和衣服，似乎在欣赏这具身体："自从林亦天那小鬼吞了绿光宝石以后，我的灵魂就有了独立的意识，经过我多次的努力后，今天终于和林亦天那小鬼的灵魂分裂开了。林亦天是个男人，他占据这具身体的意志力又太强，我没办法完全吞噬掉他的灵魂，也没办法占据他的身体，所以一直想寻找一个妖体。"她低头看看自己，又伸了伸胳膊，满意地转了一圈，"狐妖族长的女儿白琦琦，真是很合用的身体，我等了好久了。"

青雪和炎冰怔怔地看着她，一句话都不敢说。

"你们两个，"红衣少女回过头来看向他们，目光幽冷，嘴角扬起一抹微笑，"还是我的精灵妖怪神吗？还是一样誓死追随我吗？"

炎冰和青雪对视了一眼，青雪眼中满是隐忧，而炎冰则对她点点头，然后拉着青雪一起跪在红衣少女的面前："当然，我们是天星大人您创造出来的妖怪神，当然誓死效忠您和《天星妖怪录》。"

红衣少女微微一笑："很好。"

她俯下身，从倒在地上的林亦天身上找到《天星妖怪录》。

林亦天虚弱地醒过来，微微张开的眼睛，看到红衣少女在试着打开《天星妖怪录》。

突然，笑容僵在红衣少女脸上，她疑惑地喃喃自语："怎么会……为什么我会打不开？"

青雪和炎冰都是一惊，他们看着无论如何也打不开《天星妖怪录》的红衣少女，怎么也不相信那个在五百年前创造出这本魔法画册的天星大人，居然打不开她曾经创造的《天星妖怪录》了。

或许，她已经不是当初的她了。

反复尝试了好多次，红衣少女终于不得不放弃。她气得咬牙切齿，把《天星妖怪录》狠狠扔在地上："青雪，炎冰，我现在只需要你们效忠我，《天星妖怪录》就不必了，它已经不属于我了！"

"是。"青雪和炎冰像很多年前一样恭敬领命，但眼神却很复杂。

红衣少女抬头环顾了一圈儿，眼中透出阴暗的邪恶："没有《天星妖怪录》又怎样？！我要把这锁妖塔里的所有妖怪都吃掉！我一定会比白世更厉害！"

林亦天虚弱地躺在地上，他听到她恐怖的笑声，还有随后她与妖怪厮杀的声音，心颤抖着却又无能为力。

他摸到右手上那个月亮形印记，用自己仅剩的力气按下去，向那个狐妖传递他的信号。

林亦天很久没碰这个契约印记了，虽然知道，联系白夜光也没有用，他根本不会来，就算他愿意来，他也进不了天星山庄的锁妖塔。

但是现在林亦天只是想告诉白夜光他的消息，也许以后再也不会有机会了。

他害怕自己就此死去，再也不能让任何人知道他的消息。随着这样的念头，他的意识渐渐模糊。

❧❧二、混战

狐妖家族大门口的空地上，天星家族的阴阳师们和狐妖族的狐妖们正在进行激烈的对决。

天星决带领天星家族的众位阴阳师攻入狐妖族的目的，是想要逼出狐仙白世，对他们死去的天星少主和被偷盗的家族圣物《天星妖怪录》给予一个交代。

如果狐妖们不配合，他们就将白琦琦一直关押在锁妖塔永世不得翻身；如果狐妖们反抗，那么就将他们一起抓入锁妖塔。

狐妖族长白莫峰忍住怒气，正色道："狐仙大人早在五百年前就修成正果，避世隐居，很少在外界走动，我相信他不可能随意杀害天星少主，也不可能偷盗《天星妖怪录》。据我所知，《天星妖怪录》是我狐妖族的叛徒白夜光偷走的，希望你们可以查明真相。况且，狐仙大人一向来去自由，根本没有人知道他的踪迹，就算你们天星家族今天灭了我们狐妖族也找不到一个结果，还请你们另想办法寻找狐仙大人，不要迁怒我们狐妖族，放了我的女儿。"

天星雨站了出来："别想糊弄我们，就算你们真的不知道白世在哪儿，总该知道白夜光吧，白世就是白夜光的师父！"

这句话让狐妖族人大惊，他们不断地交头接耳议论纷纷。

谁也不知道有人比他们更震惊，在他们身后隐蔽的角落，藏着一个蓝发蓝袍的狐妖少年。

狐妖少年本来只是收到眼线妖怪的消息，说是天星家族的阴阳师们要攻打狐妖族，他便偷偷跑过来看看究竟，没想到居然偷窥到这个惊天秘密。

这情景多熟悉，上一次让他这么震惊的时候，是知道林亦天就是天星转世的时候。

那一刻，他清晰地感觉到自己内心有什么坍塌了，那个世间唯一给过他温暖与信任的人，竟然是他的仇家！

他觉得自己可悲又可笑。他无法表现自己的情绪，不想自己看起来那么可怜，只能肆意地宣泄恨意。

那一次，如果不是师父附身在任枫身上出现，他真的不知道该如何面对那个局面，面对那个他在不知不觉中当作朋友的人类。

而这一次，他偷窥到的秘密给了他更沉重的一击。他从小就知道，这世界到处都有假象，到处都有不堪的秘密，所以他只愿和别人做交易，不愿相信任何人。

他觉得如果不去在乎，就不会有任何感觉。可是为什么，这个秘密还是如此真切地震撼到他。

白世就是他的师父？

不，这不可能，一定是那个恶心腹黑的娘娘腔在胡说八道，他一定要查个清楚。

"都给我闭嘴！"白莫峰吼了一声，精瘦的身材散发出一股威严，四周议论纷纷的狐妖们立刻安静下来。

白莫峰看向那个身穿阴阳师长袍的少年，他虽然有一张白皙秀丽的脸庞，但他的目光中透着狡黠和阴霾。

"狐仙大人怎么可能是那个叛徒白夜光的师父？你多番诋毁狐仙大

人，到底有什么用意？"

天星雨挑眉："我说的都是事实，你们若是再不交出白世，就别怪我们不客气了！"

白莫峰冷笑："这才是你们的真正用意吧？你们就是想灭了我们狐妖族，何必找那么多借口？"

天星雨转向天星决："族长，跟他们多说无益，我们动手把他们全抓回锁妖塔吧！"

"好，既然如此，我们今天就灭了狐妖族，我就不信那白世可以一直置身事外！"自从得知天星耀已死的消息后，天星决就有点儿魂不附体，一贯的从容和蔼早就不见了，除了悲愤地要找出狐仙白世，他几乎已经失去了理智。

得到天星决的号令，天星雨和天星家族的阴阳师们立刻展开战斗架势，他们一手持着除魔剑，一手拿着收妖的天星魔瓶，愤怒地冲向那一群狐妖。

所有人都看得出，天星雨收妖的本事非常出色，出手快绝狠，完全不似他柔美的长相。

这让天星决感到一丝安慰。

所有的天星族传人中，天星耀是资质最优秀的一个阴阳师，也是历年来最出色的天星少主。

令天星决怎么也没想到的是，天星耀初登少主大位的那天，《天星妖怪录》就被盗，他更不愿意相信的是，天星耀在追寻《天星妖怪录》的途中竟会意外死亡。

这一切简直在告诉他，天星家族的顶梁柱倒了，天星家族的未来没有了。

但是，天星雨的表现告诉他，天星家族还是有希望的。

在狐火与剑影的战斗之中，天星雨刚手段漂亮地收完一只狐妖正在得意时，突然眼前闪过一抹蓝影，白夜光出现在他的面前。在他还在吃惊的时候，他的身体就被对方用飞来的妖绳束缚住，然后被拎起来一把带走了。

白夜光把天星雨带到僻静处，绑在大树上。

天星雨挣扎着，想使出法术，却被白夜光一把掐住喉咙："你最好老实点儿，否则老子绝不客气！"

天星雨瞪大着眼睛，脸上露出恐惧的神色，却还在装腔作势："白夜光，你想干什么？如果我死了，天星家族一定不会放过你！"

"你以为你是谁？老子才不怕！"白夜光一手掐着他的脖子，一手点燃狐火，"废话少说，如果你不好好回答我的问题，老子就把你的脸烧花！"

天星雨妥协地不再挣扎，吓得脸色发白，紧紧地咬唇，恐惧又愤怒地瞪着白夜光。

白夜光逼视着他："你刚刚说，狐仙白世是我的师父。你无凭无据凭什么这么说？"

天星雨哼了一声："如果你不是有所怀疑也不会来问我了吧？你那个奇怪的师父黑老头儿，神神秘秘又装疯卖傻，世上没有人知道他到底是谁，恐怕至今连你也不清楚。他却无缘无故要收养你，把你培养成妖界赏金猎人，又去偷《天星妖怪录》，你不觉得这一切都太凑巧太可疑了吗？因为黑老头儿根本只是一个假的身份，他其实就是狐仙白世！而你就可怜了，从头到尾你一直被他玩弄，连自己是谁都不知道。"

白夜光忍住内心被刺伤的痛楚，凶狠地瞪着天星雨："就算我的师父身份可疑，你又怎么证明他就是白世？如果他是白世，他为什么要做这一切？"

"那次我们几个人一起进入记忆幻境，穿越到五百年前的花羽国，你不觉得你师父的种种言行都很可疑吗？我哥哥注意到他看少女时代天星大人的眼神，他分明就是认识她的。后来他还怕身份败露，故意打破了幻境。那时候我哥哥本来只是有所怀疑，后来很多细节都是他用白鸽跟踪调查出来的，林亦天最先知道这件事，你不信的话可以去问他……哦，不对……"天星雨说到这里，眼神有了微妙的变化，似乎带着悲伤的笑意，"你已经问不到林亦天了，他和我哥哥天星耀一起沉入了海底。"

"你说什么？！"白夜光又是一惊，掐紧了天星雨的脖子，"林亦天他怎么了？"

天星雨被他掐得脸都红了，眼角有泪光，唇边却扬起微笑："我刚刚说得很清楚了，林亦天和我哥哥天星耀一起沉入了海底，连《天星妖怪录》也跟着没了……没有人救他们，他们现在一定死了。"

白夜光颓然地放开手，眼神呆滞地退后，脑海中闪过那个少年的音容笑貌……他死了？

天星雨冷笑，眼神却悲凉："干吗露出这种伤心的表情呢？你不是说他是你的敌人吗？他死了你不是应该很开心吗？我也应该很开心，哥哥死了，天星族人才会看到我的优秀，我就有机会当天星少主了……我应该很开心……"

白夜光根本没听到他在说什么，他现在脑子里满满的都是林亦天的影子，伴随着痛心的感受。

为什么会这样？

之前亲口宣布和他是敌人，但是心底其实根本无法把他当敌人看待，这让他很痛恨自己的愚蠢可笑，也更痛恨有着他敌人身份的林亦天。

分开的这段时间，不管身在何处，只要想到还有林亦天这样一个存在，就算不再和他住在一起，心里有一处地方也会是暖的。

可是现在，他的心感觉好空。

因为那个人不在了。

突然，白夜光感觉到左手上的月亮形印记传来一阵痒痛，贯穿他的血脉和意识，他感应到对方传来的消息，林亦天在告诉他，自己在天星山庄。

他惊愕、疑惑、喜悦，又害怕这只是幻觉，因为这一阵感应非常短暂。

但是最终，他选择相信，他不能放弃任何关于找到林亦天的希望。

白夜光一把抓过被妖绳绑在树上的天星雨，凶狠地吼道："快带老子去天星山庄！否则我把你烧成丑八怪！"

❦— 三、碎片过去

白夜光抓着天星雨火速离开狐妖家族时，天星耀正骑着青龙赶到了狐妖家族的大门口，来到了天星家族与狐妖家族两军对决的地方。

那一条青龙从天空飞舞直下，庞大的气势让众妖和众阴阳师全部停止战斗，纷纷诧异地看着这个异样的突然造访者。

天星耀骑着青龙降临在他们面前，风吹乱他的棕发，他俊美的脸庞依然淡定冷静，走下龙身的动作从容利落。

天星家族的阴阳师们一看到传说已经死去的天星少主现身，全部大吃一惊。

天星决快步走到人群前面，惊愕地看着天星耀："耀，你真的是耀？你没有死？"

天星耀微微一点头，对天星决一鞠躬道："抱歉让族长担心了，我先前是出了点儿意外，现在已经没事了。"

天星决看了他一会儿，脸上的阴云退去，大喜过望地展颜笑道："好，你没事就好！"

天星耀直起身，气宇轩昂地站在那里，看了一眼被打得七零八落的狐妖族，又看向其他天星族人："你们都收手吧，我自有其他办法找到狐仙白世。"

天星家族的阴阳师们一见少主发了话，知道事情已经可以得到解决，立刻领命收了手，继续听从少主的吩咐。

天星耀扫视一圈，问："怎么没看到小雨？"

一个女阴阳师回答道："少主，我们也找不到他，刚刚我们都顾着打斗的时候，只看到他好像跟一只蓝袍狐妖到旁边去了，后来就没看到人影了。"

蓝袍狐妖？

天星耀心里有了答案，神色凝重地转向天星决："族长，我们先回天星山庄吧，我恐怕会有点儿麻烦。"

隐秘山林之中的山谷，天星山庄隐藏在湖水之上。

白夜光抓着天星雨进入天星山庄的时候，天星山庄已变得一片狼藉，因为之前大批的精锐阴阳师都出战狐妖族，天星山庄里仅剩老弱残兵留守，他们并没有死，但都是一副极度惊恐的样子。

"怎么会这样？"天星雨摇醒一个晕倒在地的门卫，问他到底发生了什么事。

"女魔头……"门卫的脸上写满恐惧，惊魂甫定，"锁妖塔里出来了一个女魔头，红衣服、红头发……她吃了锁妖塔里所有的妖怪，太恐怖了……"

"那林亦天呢？林亦天在哪儿？"白夜光连忙抓着门卫问。

"那个女魔头狂笑着离开了这里……她说她还会回来的……"

门卫的眼神空洞，仿佛他的脑海中只有那个恐怖的女魔头。

白夜光和天星雨来到锁妖塔，一进门就闻到一股浓烈的血腥之气，看着满地狼藉，却找不到一个生物。

　　天星雨看着这一幕，震惊地呆坐到地上。

　　白夜光不再管他，到处寻找着林亦天的踪迹，却一无所获。

　　他有种好不容易获得希望又被剥夺的感觉，满心失望，终于不顾一切地按下左手的月亮形印记。

　　白夜光要知道林亦天的消息，他不想他死掉！

　　当感应到林亦天的存在，白夜光终于放下心来，他想顺着感应去找他，他想要见他！

　　白夜光跑向天星山庄的大门时，正好撞到天星决、天星耀率领着众天星族人回来。

　　天星族人们一见天星山庄满地狼藉，立刻对白夜光怒目相视："大胆狐妖，竟敢在我天星山庄胡作非为，看我不把你收进锁妖塔！"

　　白夜光不屑道："你们的锁妖塔早就什么都没了，走开，别挡道！"

　　此言让众人又是一惊，更是怒气冲冲，作势要抓住白夜光。

　　天星耀站出来拦住了他们，对天星决郑重说道："族长，我相信破坏天星山庄的不是白夜光，此事一定另有原因，我会查明真相给大家一个交代。"

　　天星耀稳住众人后，走到白夜光面前："你有没有看到林亦天？"

　　白夜光本来是不屑跟他说话的，但看在天星耀刚刚替他解围的份上，他回答道："他不在这里，我正要去找他。"

　　天星耀果断地说道："找到他就知道出了什么事了，我跟你一起去找他。"

　　仿佛是身在梦中，但却又好像有清晰的意识，所以才会看到那一幕幕场景。

林亦天感觉到，那些场景既熟悉又陌生，他好像一个飘荡的灵魂，没有人能看到他，只有他看到那些故事在发生，好像是在看别人的记忆。

花羽国。

身穿粉红色宫廷服的少女天星在皇宫花园中玩耍，她的黑色长发在风中飞扬，眼睛亮晶晶的，粉颊带着笑意，手中拿着魔法书，正在练习宫廷阴阳师教给她的法术。

“你这样光纸上谈兵有用吗？真正的阴阳师可不是这么练出来的哦。”

背后传来熟悉的戏谑声音，花羽天星回过头，看到大王子花羽宏川正笑着看她。

花羽天星有点儿生气：“我才没有光纸上谈兵，下次我抓只妖怪给哥哥你看看！”

花羽宏川走过来，笑着揉揉少女的头：“我的好妹妹，你偶尔陪哥哥看看书练练武就好，阴阳师可不是那么好当的，我可是很担心妖怪伤害你。”

花羽天星噘着嘴一偏脑袋：“哥哥太小看我了，我一定要当阴阳师，我一定要抓到妖怪！”

筹谋了几天之后，花羽天星顺利地偷跑出皇宫。

她带着宫廷阴阳师给她的除魔剑和收妖器，一个人在郊外走了很久。突然，她听见附近树林有动物的声响，同时传来阵阵妖气。

花羽天星心中一喜，跑到一棵大树后偷看，原来是一群皮毛漂亮的猫妖在欺负一只皮毛上有灰暗条纹的小猫妖。

花羽天星心中愤愤不平，拿着除魔剑冲了出去，吓走了那群张牙舞爪的猫妖，救下那只受欺负的小猫妖。

“你没事吧？”花羽天星抱起奄奄一息的小猫妖，扯下衣角帮小猫妖包扎伤口，“你好像伤得很重，怎么办才好啊……”

"我说，你真的是阴阳师吗？"背后突然传来一个俏皮的清亮声音，花羽天星回头看到大树上坐着一个银发白袍的男子，他头上长着一对狐耳，面容精致俊美，正姿态慵懒地靠着树干。

花羽天星眯起眼："你是……狐妖？"

狐妖男子笑了，风一吹，他一身银白色都好像在发光，而他的笑容，在盈盈光芒中妖娆而飘逸，让花羽天星看得呆住了。

这是她见过最美的妖怪，虽然她目前也没见过多少妖怪，但是她觉得，此后也不会有比他更美的妖怪了。

在她晃神的时候，狐妖男子已经跃下树，来到了她的面前，凑近她笑道："小姑娘，你怎么脸红了？"

花羽天星尴尬地摸了摸脸，连忙生气地扬起眉，指着受伤的小猫妖："少废话，快来帮小猫妖治伤！"

狐妖男子笑着蹲下身，摸了摸小猫妖灰暗的皮毛，晶莹的光芒从他修长的手指间散发。

随着这股力量，小猫妖的精神状态好多了。小猫妖慢慢睁开眼，露出绿莹莹的漂亮眼珠。

夕阳西下，粉红衣袍的少女和银发白袍的狐妖男子一起坐在粗壮的树干上，看着不远处在余晖的映照下姹紫嫣红的云海，感受夕阳的美丽。

花羽天星在树上晃着两条细腿，笑眯眯地问道："喂，狐妖，你好像很厉害的样子，可以做我的式神吗？"

"不行。"

他毫不犹豫地拒绝了，这让花羽天星皱起眉："为什么？"

他微笑地答道："因为我是白世。"

"那又怎么了，我还是花羽国公主呢，我不管你是谁，我就想让你做我的式神！"

"就是不行，虽然我很喜欢你。"

花羽天星愣住了，清澈的大眼睛看着他："你喜欢我？"

白世笑着点头，说道："对啊，你很可爱。"

四、那年的月

花羽天星把猫妖带回皇宫，细心照料。

二王子花羽凉司得知后，要她把那只猫妖赶出去："你堂堂一个公主，怎么能在皇宫里养猫妖呢？这件事若是传出去被别人知道了，别人会怎么议论你？"

花羽天星抱着猫妖不放手："我才不管别人怎么说，我就是喜欢养这只猫妖，我保证他绝对不会伤害人，凉司哥哥你就放心好了。"

花羽凉司皱眉："天星，你听话，不要太任性了。"

"我只是养一只小猫而已嘛，宏川哥哥都觉得没什么，你就是没有宏川哥哥对我好。"

花羽凉司拗不过她，最后只好拂袖而去。

花羽天星抱着猫妖，笑嘻嘻地说道："哈哈，我赢了，你以后可以一直和我在一起了，我的家就是你的家！"

"嗯，谢谢主人，我也很喜欢和你在一起。"

花羽天星突然收住笑："小猫，你说为什么白世也说他喜欢我，可是却不愿意和我在一起？"

"也许不是不愿意，而是不能吧。"

"为什么不能？宫廷阴阳师曾告诉我，只要妖怪自愿认我为主人成为我的式神，就可以一直和我在一起。"

"主人，白世不是一只普通的狐妖，他是一只修行千年的狐妖。说实话，他并不认可你的能力，不可能自愿被你驯养。"

花羽天星有点儿丧气，但又不甘心："等我再练习一段时间法术，我一定要再去找他。"

结果没等练好法术，花羽天星就急急地去了那片树林，到处寻找那个白色身影。

"白世，白世，你快出来！拜托你帮帮我！"

白世出现后，看到她焦急的面容，诧异地问道："出什么事了吗？"

花羽天星激动地一把抓住他："白世，我的父王生病了，很严重的病，你能不能帮我救救他？"

白世跟着花羽天星一起来到皇宫，偷偷来到国王的寝殿外，几位宫廷御医正在里面给国王诊治，一脸愁容的王后和两位长相酷似的王子，还有众位皇亲国戚和大臣正等在殿外。

花羽天星带着白世躲在柱子后面，担忧道："人太多你进不去，怎么才能把这些人引开呢？"

花羽天星正在发愁时，就看到一个宫廷御医从寝殿内走出来，满脸哀伤地宣告道："我等无能，国王已经仙逝了。"

"父王！"花羽天星情绪崩溃地哀号了一声，便晕倒过去。

趁着那边人群哀声阵阵一团乱，白世连忙抱起花羽天星离开。

不知过了多久，花羽天星才醒过来，她发现自己正躺在一座小木屋里，白世正坐在她的床边。

花羽天星揉了揉脑袋，问道："我怎么在这里？好像睡了很久一样……"

"是我带你来的，你们花羽皇宫出了一些事，我是妖怪不能干涉人类的生死兴衰，只能带你到这里来避一避。"

"出什么事了？对了，父王……"花羽天星摇摇晃晃地站起身，眼泪控制不住地流下来，"我还没有给父王送行……我要回去……"

白世拉住了她，劝说道："花羽国现在有点儿乱，你最好不要回去。"

"到底出什么事了？你快告诉我！"

"……你的两个哥哥在争王位。"白世欲言又止。

花羽天星颓然地坐下，脸色苍白，眼泪一滴滴落下，双唇毫无血色："为什么父王死了他们不伤心，却还在争权夺利？我最恨权力了……"

白世怜惜地摸了摸她的头，叹息道："成王败寇，权力这个东西，每个人都会争，不是这一个人，也会是那一个人，这也是没办法的。"

花羽天星扑进他的怀里，浑身发抖地抽泣道："为什么一定要这样……自由自在地过自己喜欢的生活不好吗？"

白世的眼神震惊闪烁，他愣了愣，才伸手抱住怀里的少女，声音无限温柔："乖，离开花羽皇宫，你可以自由自在地过自己喜欢的生活。"

花羽天星抬起泪眼："我一个人……可以吗？"

白世微笑着擦掉她眼角的泪："可以的，你还有我啊。"

忘川楼。

这是白世与天星离开花羽岛国，在大陆世界一起创办的酒楼，但它不是一般的酒楼。这里不光建筑设计独特，不光有美酒、美食，还有美人和精彩的歌舞表演。

忘川楼一共有七层，底层的中心大堂由下到上直通顶层的天花板，四周柱栏围绕，每一层楼上都建有各种客房和雅间。琉璃制成的顶楼天花板恍若透光，上面垂下无数串珠帘，每一串珠帘上都有闪耀的宝石。风吹过时，珠帘便好像发光的星星海一般。

底层宽敞的大堂，众宾客座位的中心有一个大舞台。出色的乐师、

歌姬和舞姬们就在这里表演。

　　天星最喜欢和白世一起坐在大堂的角落，看着舞台上的歌舞表演。她一身红衣，白世一身白衣，他们坐在一起，就是最美的风景线。

　　"白世，谢谢你给了我新的生活，我好喜欢这里，真想永远和你在一起。"

　　"你喜欢就好。"白世看着她靠在肩上，脸上绽放出笑容，顿了顿，"天星，最近我有点儿事要忙，可能要离开一段时间。"

　　天星连忙紧张地抬起头，问道："你要去哪儿？"

　　白世避开她的视线看向远方："我要去完成我的理想。"

　　天星有些委屈地问道："难道……你的理想不是和我在一起吗？"

　　白世笑着点了一下她的鼻子："傻瓜，我还有别的理想啊，在认识你之前就有的理想，我觉得我不能放弃。"

　　"你的理想是什么？"

　　"修仙。"

　　天星有些发愣，继续问道："这就是你不能成为我的式神的原因吗？"

　　"……"

　　"你会离开多久？离开了还会回来吗？"

　　"只要我还没死，就一定会回来。"

　　"那我等你。"

　　白世离开以后，天星继续经营着忘川楼，在那里醉生梦死，等待白世回来。

　　一年过去了，他没有回来；两年过去了，他还是没有回来；第三年，她决定出去找他。

　　天星到处找妖怪打听白世的消息，一边寻找白世的去向，一边收服

妖怪练习法术。

终于，天星遇到了一只女牛妖，她透露了白世的消息。

女牛妖的恋人是被一只女狐妖害死的，她一直在找那只女狐妖寻仇，还被白世阻拦过。

天星找到狐妖族的一只狐妖，那只狐妖告诉她，白世修行千年已成正果，位列仙班，没有人知道他隐居在什么地方。

天星哭喊着不相信，她杀掉了那只狐妖，白世终于现身，她愣在那里。

他似乎比以前更风华绝代，银发白袍，俊美飘逸，但也多了些陌生的气息。

他的眼睛，变成一只红瞳一只蓝瞳。他看着她的眼神也是那样陌生。

"你说话不算话……"终于见到他，几年寻找无果的委屈涌上心头，天星孩子一般地哭着，"你说过只要你还没死，就一定会回来的……"

白世的眼神依旧冷冰冰："狐妖白世已经死了，所以他不会回来了。我是狐仙白世，过去的前尘往事和我再没有任何关系。"

"你……"天星惊愕地呆住，眼泪无声地滑落。

"你走吧，好好地去过属于你的生活。"

白世不再看她一眼，转身消失在银色光芒里。

天星呆站在原地，一动不动地看着他离去的方向，任凭风吹干了她脸上的泪水。

太阳渐渐西下，夜幕降临，月光照在她身上。夜风吹过，冰冷刺骨，她呆立着直到天明，最后终于无力地跪倒在地上。

她终于明白，他是真的离开她了。她只有自己一个人，再也没有任何人可以依靠和相信，重复而漫长的时间变化中，她都只有自己一个人。

为什么会这样？难道曾经的一切都是假的吗？如果他没有爱过她，为什么他要带她离开花羽皇宫，开创忘川楼？如果他爱她，为什么要离开她？

就因为他修仙的理想吗？

天星突然哈哈大笑起来，白世，原来你最爱的只有你自己。

那么我何苦要为了你如此伤心，狐仙算什么，没有你我也会过得很好，我会过得比你更好。

你要你的理想，我也要我的理想，原来我们从来没有拥有过同一个愿望。

天星回到忘川楼，开始重塑全新的自己，她要当一个强大的阴阳师，她要让所有妖怪都知道她的名字，让谁都不能无视她的光芒，她要比白世更厉害！

五、善念之魂

眼角流出湿热的眼泪，林亦天睁开了眼，终于从梦境中的故事里醒过来。

他很奇怪，为什么自己会看到天星与白世的故事？然而刚睁开眼，他所看到的人更让他惊奇。

"你、你是白世？"

银发白袍的男子俏皮微笑着一点头。君澈和小彩也站在旁边，看到他醒过来很是高兴。

他们所在的地方，是在灵溪山顶竹林的竹屋里。窗外一片绿意盎然，屋内摆设清新雅致，让人十分舒心。

据小彩说，天星借用白琦琦的身体复生后，在天星山庄的锁妖塔大开杀戒，她因为吸食大量妖怪的精元而魔变，连头发都变成了红色。

小彩和君澈感觉到身体虚弱的林亦天在呼救，就自行出现来救他，还带走了《天星妖怪录》。

小彩和君澈把林亦天带出了天星山庄，不久后就遇到了狐仙白世，君澈便求白世救林亦天，白世便把他带到这里来了。

林亦天倒是差点儿忘了，他把蝴蝶玉佩和小猫手表放在随身的包里，那天发生的事情太多，他都忘记召唤君澈和小彩了。

"我在梦中看到的那些是什么？为什么我会看到你和天星的过去？"

白世的脸色有些微妙变化，他转过身去倒茶："那应该是天星的灵魂在脱离你的时候，残留给你的记忆。准确地说，那是她曾经的善念。天星一生的强大灵力和怨气使她的灵魂化成一股怨力不肯离去，转世成为你之后，她的灵魂潜藏在你的身体内。在你吞下绿光宝石之后，她一直借助着绿光宝石的魔力使自己独立，这就产生了你和她灵魂的分裂，但是她灵魂的恶念始终无法战胜你灵魂的善念，于是她借助着别的力量，从你的身体里脱离出去了。而她曾经的善念就留在了你的身上。"

君澈和白世也算五百年前的旧识，此次见面，君澈有些感慨："狐仙大人，我真想念以前的天星公主，没想到天星大人会变成现在这样，她在锁妖塔的样子实在是太恐怖了，你说现在该怎么办才好呢？"

白世喝了一口茶，没有看他们，缓缓说道："林亦天的伤我已经帮他治好了，你们先带他回家吧，其他的事情我自有安排。"

林亦天站起身，说道："白世，我回家之前，还有些事想问你。"

白世靠在竹榻上，慵懒地闭上眼睛："关于天星还有白夜光的事，我暂时都不能回答你。我花了好大力气才救了你，可不是要你来盘问我的，我现在需要休养。"

林亦天皱眉："你明明知道我要问的就是这些！"

"林亦天，你只需要记住一件事，如今连天星也不能再驱使《天星

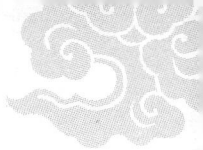

妖怪录》，世上能打开《天星妖怪录》的只有你一个人。这足以证明你是一个非常重要的人，你必须要保护好自己；有一天，你也许会改变所有人的命运。"

林亦天愣住了，突然他感到右手上的月亮形印记一阵痒痛，贯穿他的血脉和意识，他感应到白夜光传来的消息。他在找他！他终于来找他了！

白世看了他一眼，轻轻地扬起手，屋内便刮起一阵充满力量的风："你快回去吧。"

那风把林亦天和君澈还有小彩推出屋外，推下灵溪山山顶的竹林，他们很快就看不见那所藏在竹林云雾间的竹屋。

君澈和小彩只得带着林亦天飞离，飞向西景市林亦天家所在的方向。

林亦天在途中也在和白夜光传递消息，他希望白夜光去他家等他。

林亦天回到家的时候，已经是黄昏，父母已经回家，正在厨房忙着做饭。

林亦天打了声招呼就溜回房间，他没有想到天星耀和小龙王会和白夜光一起出现在他的房间里。

"林亦天，你没事吧？"一见到他出现，白夜光和天星耀就异口同声地上前。反应过来时，他们对视一眼后，又都别过头去。

"我没事，白世已经帮我治好伤了。"

林亦天把他在锁妖塔看到天星用白琦琦的身体复生魔变，还有白世救他的事情经过都说了一遍。

"我的师父真的是狐仙白世？"白夜光还是有些不可置信，"为什么？当年明明是他把我送到狐妖家族的，为什么他又要换一个身份来当我的师父，让我成为妖界赏金猎人？"

林亦天皱眉道："我本来也想找白世问清楚的，但是他不肯说，我

总觉得这背后一定有一个大秘密。"

"他不说，那我就去找白莫峰问清楚！"白夜光气得握拳，转身走到阳台跳了出去。

林亦天来不及拦住他，只好坐下来叹气。好不容易见了面，居然就这么来去匆匆。

天星耀看了他一眼，淡淡说道："林亦天，别人的事你还是少管了，我劝你还是多操心自己吧。提醒你一句，下个星期就要期末考试了。"

"啊！期末考试？！"林亦天激动地站起身，他都快忘记还有这档事。怎么办，他完全没复习啊！

他求救地看向天星耀，天星耀却无视地转过身，对小龙王说："玉轩，我们走吧。"

青衣男子面色淡然，恭谦答道："是，主人。"

"主人？你叫他主人？"林亦天诧异。

"是的，我已经是主人的式神了。"

啊啊啊——

林亦天再度受到刺激，天星耀也太狠了，一出马就收服了小龙王。

那以后不光是陆地动物，还有水族生物都要听命于他了吗？

星期一的早晨，新圣中学高一F班的同学又开始了忙碌而充满活力的生活。快要期末考试了，同学们一边期待着暑假，一边头疼着考试，都想快点儿过完这学期最后几天。

每逢快考试的时候，班长左晓曼的座位边总是特别热闹，许多同学都想来找她抱一抱佛脚，期望考试成绩可以提高一点儿。

眼看着左晓曼的书和复习资料都被别人借走了，林亦天只好哀叹一声，求人不如求己！

谁知却有一个人把几本笔记本放在他的桌上，林亦天抬头一看，有点儿傻眼。

"你好好复习吧。"天星耀淡淡地看了他一眼，就走回最后一排位置。

听说天星雨受了点儿伤，在家里养伤，请假没有来上课。

现在最后一排那个位置，就只有他一个人坐。

每当天星雨不在，于诗影的心情似乎就特别好，看到天星耀给林亦天送笔记本还笑着调侃："林亦天，白鸽王子真是对你格外青睐有加啊，他转学到我们班之后，我很少看到他和别人说话。"

林亦天眨了眨眼："那是他的自由啊，要是你感兴趣的话，就自己去问他吧。"

于诗影讨了个没趣，故作淡然地扬起下巴："随便说说而已，我才没空管你们的事，我还要复习考试呢。"

任枫从教室外走进来，于诗影又站住脚，拿起任枫桌上的英语练习册："喂，把你的英语练习册借我看看，我的不见了。"

任枫有些莫名其妙地问道："我有好多题都没做，你要看什么啊？"

于诗影看了他一眼，好似若无其事地转过身："没做正好，我来做。"

Chapter 07
逝去五百年，她已重生为万恶的魔

"我曾经只为他一个男人跳舞，跳得脚都流血了还觉得开心。"

——花妖舞娘

"虽然我忌妒你总希望能有机会超越你，

但我也明白其实你是最好最强的，能陪在你身边我很幸运。"

——天星雨

一、灭顶之灾

白夜光来到狐妖家族门口，刚进大门，就闻到一股浓烈的血腥之气。他感觉不妙，连忙加快脚步，赶往狐妖族长白莫峰的府邸。

果然，经过之处遍布着狐妖的尸骨，每个都开膛破肚，眼珠爆裂，死状十分恐怖，让他想起了他在锁妖塔里看到的景象。

但这一次与那一次不同，上次是陌生的地方，而这次却是在他熟悉的地方。

尽管他在这里度过了一个不愉快的童年，他也曾想过要找那些欺负过他的狐妖报仇，尤其是白琦琦，小时候就数她仗着大小姐的权势欺负他最多，那一次他带女牛妖来袭击狐妖家族，也是想解心头之恨。

但是他从未想过，有一天那些狐妖同类会全部惨死在这里，如此触目惊心。

他突然发现，也许他也不是那么恨他们，也许他并不是真的希望他们死。

狐妖族长府邸的大门敞开着，里面也是尸横满地，隐约还听到有打斗和惨叫的声音。

白夜光连忙追到后花园，看到一个红衣红发满身戾气的魔女正在对仅剩的狐妖大开杀戒。

她的身边，跟着一红一青两只熟悉的精灵妖怪神——青雪和炎冰。

另外还有一群眼生的妖怪，似乎是她新收服的手下。

"琦琦，我的琦琦，你怎么会变成这样？你真的要杀光全族才甘心吗？！"狐妖族长白莫峰悲痛震怒地喊叫着，可他心爱的女儿根本不看他一眼，继续冷酷无情地屠杀。

四只狐妖拼命拖着白莫峰走："族长，您快走吧，琦琦小姐已经疯了，她根本不知道自己在做什么！再不走我们都会死的！"

白夜光飞身过去，白莫峰和其他狐妖看到他都是一惊："叛徒白夜光，你想趁火打劫吗？"

"她不是白琦琦，白琦琦已经死了，她是复生成魔的天星！"白夜光冷着脸不想多说，"你们快走吧！"

谁曾想叛徒白夜光会转头来帮他们，狐妖们都很诧异。而白莫峰关注的重点是白琦琦死了，他眼神震惊而伤痛，精瘦的身子颤抖着："你是说我女儿死了……已经被那个女魔头杀死了？"

白夜光没想到有一天他会来给白琦琦报丧，并且是这么不情愿，他看着白莫峰，只能无声地点头。

白莫峰悲痛欲绝地大吼一声："女儿，父亲给你报仇！"然后，他推开拉着他的狐妖们，拼命向那个红衣红发的魔女冲过去，掌中凝聚着大团狐火。

一头红发飞扬，魔女天星嘴角轻扬，妖媚的眼睛发出轻蔑的目光。她轻轻一挥手，巨大的黑色能量光波挡住了白莫峰的狐火，并且将对方的攻击弹了回去，把白莫峰撞到不远处的石山上，石山被撞得散乱粉碎，将受伤滑倒的白莫峰掩埋。

"族长！"白夜光冲过去，从那乱石中扶起受了重伤的白莫峰。身心俱伤的灰衣老狐妖口吐鲜血，气若游丝地说："白夜光，你们快走，快去求狐仙大人帮忙……不要让我狐妖族就此灭绝……"

不甘心的话还未说完，白莫峰便断了气。

白夜光放下他的尸体，抬头怒视魔女天星，却没想到她也正看着自己，眼神妖媚而温柔，仿佛刚刚狐妖族的灭门惨案并不是出自她手。

她没有了满身戾气，只是出神般地看着他。

"你是白夜光？我们是不是见过，为什么我觉得你有种熟悉的感觉？"

白夜光不屑地看了她一眼："少来这套老把戏，就因为你和白世的那些过去，你用得着残害这么多无辜的生命吗？"

　　魔女天星哼了一声，整了整长发和衣袍，那全身的红色有种说不出的妖冶魔力，仿佛燃烧的地狱火焰："我可不是为了白世，我是为了我自己，我死去了五百年，现在好不容易重生，当然爱怎么样就怎么样，如果不吸食妖怪的精元，我怎么能有强大的体魄。"

　　白夜光单刀直入道："你今天想灭了狐妖族，明明就是要逼出白世跟你见面。"

　　魔女天星抬眼望向他银灰色的双眸，拖着红色衣袍慢慢走近他，伸出一根手指抬起他的下巴："本来我是不讨厌你的，因为你真的让我有种熟悉的感觉，可是你说话实在是太讨厌了，我决定要跟你还有那个碰《天星妖怪录》的小子玩一个游戏。"

　　白夜光拍开她的手，退后一步，怒目而视："你到底还想干什么？这根本不关林亦天的事，你最好离他远点儿！"

　　魔女天星笑了："怎么，你这么在意他啊？可是，偏偏我就是很讨厌他，上次在锁妖塔我就差点儿杀了他。不过现在也不错，我可以让我新收的四大妖怪跟你们玩玩，我要让林亦天知道，就算没有《天星妖怪录》，那些妖怪也一样听命与我，谁都别想取代我！"

　　白夜光眼神震惊，眼看着红发红衣的魔女挥手扬起一团红光，那些妖怪全都跟着她消失不见。

　　灯光下的书桌，摆满了乱七八糟的卷子和书本。

　　林亦天翻开天星耀给他的笔记本，发现里面的内容都是知识重点中的精华，心中大觉宽慰。

　　正在认真复习的时候，林亦天突然听见阳台那边出现一阵细碎的响声，仔细一听，又什么都没听到了。

他摇了摇头，埋头继续复习。

直到看书看得累了，他才抬眼喝了一口水。突然，他惊吓得水都喷了出来，边咳边瞪大眼指着窗户边椅子上的蓝色身影，诧异地问道："你、你什么时候来的？"

银灰色的双眸中漾起细微笑意，白夜光脸上却是无所谓的表情："来了好一会儿了，我在等着看你什么时候能发现我。"

林亦天好不容易抚顺了咳嗽，瞪着他："你老是来无影去无踪的，你想吓死小爷啊？"

白夜光鄙视地看了他一眼："好了，废话少说，我有正事要跟你说。"

白夜光把见到魔女天星屠杀狐妖族，以及她要对付他们的事简洁地说了一遍："不知道天星说的那四大妖怪是什么，你最好从明天起就万事小心。"

"放心啦，我相信邪不胜正，正好我可以借此机会修炼成为强大的阴阳师！"

"你就这么有信心？果然还是无知者无畏。我看就算是白世亲自出战，都不一定能稳操胜券。"

听出他话中的讽刺，林亦天嘿嘿傻笑："呃……鼓励鼓励不好吗？"

其实林亦天只是感觉开心，因为他们又恢复到并肩作战的战友关系了。比起日后要面对的挑战和困难，这件事更让他开心。

第二天林亦天去上学，白夜光像很久以前一样跟着他去了。他们走到新圣中学校门口的时候，正碰见天星家的车从面前经过。

林亦天诧异道："咦，天星雨怎么来了？"

白夜光抱着胳膊微扬起嘴角，不屑地说道："这下又热闹了，不知道天星家族的这对兄弟，到现在还怎么泰然相处。"

林亦天也很好奇，在教室注意观察了一下他们。

天星雨比以前孤僻了很多，不再左右逢源微笑如春风，也不再经常跟随天星耀左右，他甚至很少主动和班上同学说话，只是经常独自沉默发呆。

班上那些"倾慕"他的男生还以为他是不是生病身体还没康复，还对他嘘寒问暖给他买零食饮料，天星雨只有满脸苦笑。

当初天星雨是为了有意接近林亦天而打扮成女生，后来这个女生身份也不得不保留下来，到现在也没法突然在众人面前改变，这让林亦天很是佩服。

不过仔细看来，这个腹黑娘娘腔现在确实憔悴了许多，估计他现在留在这间教室里的也只有一个空壳，他只能勉强戴着面具演完这场戏，否则他在天星族人面前更没地位。

天星雨心里一定明白，经历了海边的临危背叛和家族的挑拨争斗，他和天星耀的兄弟关系已经破裂得无法修复了。

相比而言，天星耀还是有定力多了，从容得好像什么事都没发生，依然该上课的时候上课，下课闲得无事就逗弄鸽子，一如往常。

暴风雨之前的平静，一直持续到期末考试的那天下午，天星耀忽然微微皱眉，转过头对天星雨说："有妖气。"

❧二、花妖舞娘

在天星耀发现有妖怪的时候，一直在教室外走廊严阵以待的白夜光也发现了异常情况。

随着夏日的风，空气中有幽香清甜的花香。

许多同学情不自禁地嗅着，但却没有发觉自己的意识越来越模糊，然后很快就倒下睡着了。不管是在教室里的学生，还是在操场上的学生，就连走在走廊的老师，闻着这股奇异的花香也慢慢倒在地上睡着了。连树上的鸟类也没能幸免，纷纷停止鸣叫从树上掉下来。

与此同时，一条条绿色藤蔓从四面八方的树上爬下，它们爬满整个校园的走道、教学楼的各处，甚至缠绕在那些睡着的人身上。

而后，那些藤蔓上长出许多花骨朵，开出一朵朵芬芳的花朵，那幽香清甜的花香越来越浓郁。

"林亦天！"白夜光冲进高一F班，却见林亦天清醒且完好无损地和天星耀、天星雨他们站在一起，整个教室除了他们三个男生之外，所有同学都安静地睡着了。

"多亏天星耀给我吃了避毒珠，才没受这花香的荼毒，你赶快也吃一颗吧。"林亦天笑着递给白夜光一颗小药丸。

白夜光却昂首转过头，说道："不用了，你别忘了我可是狐妖，有妖气护体。"

天星雨看了他一眼，冷哼："不识好歹也罢，天星家族的宝物也不该给一个妖怪。"

白夜光冷冷回道："垃圾，只有你这样的腹黑娘娘腔才稀罕那是宝物。"

天星雨白皙秀美的脸一阵青红交替，正要出口还击时，天星耀淡淡说道："雨，闭嘴。"

天星雨立刻低下头，不再说话。

"哎呀，好了好了，现在不是内战的时候，我们应该团结一致对抗外敌嘛！"林亦天打着圆场，硬把避毒珠塞到白夜光手里，"你就别傲娇了，不要浪费妖力，还是省点儿力气对付妖怪吧！"

四个少年走出教室，看到外面的情况比教室里更加壮观，整个新圣中学的人和生物都陷入一片安静的沉睡中。

校园里到处爬满了开着花朵的绿色藤蔓，仿佛这里是古老的荒野世界，已经很久没有人存在一般。

林亦天摸着下巴叹道："魔女天星新收的四大妖怪之一，应该是一只花妖吧，还没出场就摆这么大排场，她到底想干吗啊？"

"林亦天，你还真不一般。"

随着这个清幽的女声响起，大片开着花朵的绿色藤蔓爬向他们面前，缠绕在一起形成一个人形。

那是一个极其美丽的女子，仿佛自然界中的森林女神。她身穿绿色织物编织而成的衣裙，繁复而飘逸，上面点缀着鲜艳的花朵。她长长的鬈发如瀑布般，皮肤细白如瓷，高鼻小嘴，只是一双大眼睛显得不太有神采。

"我当然不是一班的，我是 F 班的，哈哈。"

林亦天故意气她，想着反正自己身后还有三个厉害角色呢，嚣张一点儿也不怕。

显然花妖不想拉低智商，没有理睬他，而是看向天星耀和天星雨："你们两位少爷，身为天星家族的传人，应该不会与这两个天星大人要对付的目标为伍吧？"

太恶毒了，挖墙脚啊！

林亦天气愤地观察着天星耀和天星雨的反应，却被白夜光拉到一边，冷冷道："我们也不需要他们。"

天星耀看了他们一眼，又直视花妖："你说的天星大人，恐怕早就不是我们阴阳师世家天星家族的始祖了吧？她现在是一个毁灭众生的魔女。"

花妖笑道："不错，天星大人现在已经是万妖之王。那么天星少主你的意思是，你们天星家族再也不会效忠现在的天星大人了吗？你可知道这会是什么结果吗？"

她爱怜地抚了抚自己的脸，语调冷酷："你会被天星大人送给我吸净精气，美容养颜，这可是我最喜欢的赏赐了。"

"不，我愿意效忠天星大人！"天星雨走了出来，在三个少年不同程度的惊愕注目中走向花妖。

他依旧穿着女生的校服，高挑而秀丽，还是温柔如水的模样，却藏不住他眼中阴冷的凶光："我会帮你一起杀了这个狐妖和林亦天，还有所有违背天星大人的人。"

花妖注视着他微微一笑，周围藤蔓微动，花朵和叶片发出"哗哗"的响声："很好，天星雨少爷，欢迎你的加盟，天星大人一定会很高兴的。"

天星耀目光深沉地看着站到敌对方的天星雨，失落地说道："雨，看来我们始终逃不过分道扬镳的这一天。"

天星雨垂下眼睑，嘴角挑起一丝笑："没错，因为这个世上有你了，就不该有我。"

"所以你一直在我身边并不是为了要帮我，而是想找个机会除去我。"

"没错，因为只要有你在，天星家族就没人看得到我，你永远是光芒万丈最优秀的天星少主，而我就算付出再多努力也只有被忽略。其实，来到新圣中学上学，我扮成女生也不光只是为了方便接近林亦天，而是我不喜欢被别人忽略，我希望成为独特的存在，不想活在你的阴影下，不想被你比下去。"

"你扮成女生，的确就和我没有可比性了。原来是这样，原来你真的一直这么讨厌我，恨不得我死。"天星耀俊美的脸表情平静，声音也仿佛不带一点儿情绪。

林亦天却注意到他眼中的悲伤，那仿佛是一种早知如此却还是会感

觉失望的无奈，他心里不由得也有些难过。

林亦天终于明白天星耀为什么那么喜欢动物了，原来在天星家族这样一个权势分明的大家族，连手足兄弟都是不可信赖的，同伴连动物都不如。

白夜光看了一眼林亦天，瞪向花妖和天星雨："少说废话，有什么本事尽管使出来吧。"说着，他便甩出一团狐火。

花妖抬手，挥起几条藤蔓，挡住了狐火的攻击。

同时，四面八方的藤蔓开始飞快地动起来，它们向白夜光、林亦天、天星耀三人发起攻击，不断地抽打、缠绕着他们。

白夜光用掌风劈裂那些藤蔓，天星耀甩给林亦天一把除魔剑，三人避闪着斩荆披棘，倒是没有落下风，只是那些藤蔓源源不断地席卷而来，很是消耗他们的体力。

天星雨在一边看着他们战斗，白皙秀丽的脸上神色复杂，双手的手指握紧，却始终没有出手。

花妖看向他，细细打量了一圈儿："天星雨少爷，你真是个少见的美人，你这样的打扮若不是我早就知情还真看不出你是个男生。"

虽然听起来是夸奖，但天星雨此时却感觉五味杂陈，他勉强笑着说道："你过奖了，我不过是长相有些偏阴柔而已，打扮一下就看不出来了，不过有些人，只要站在那里就有种不可忽视的强大气场。"

"你在说天星耀吗？他的确也是个独特的美人。可是我不喜欢那种冷淡高傲的，就是因为我曾经喜欢过。"

"听起来有点儿矛盾？"

花妖微笑着用细长的手指缠绕自己的长鬈发："不矛盾，我记得我曾经喜欢过一个俊美的男人，可惜我那时候只是只一无所有的小花妖，除了跳舞什么都不会。我曾经只为他一个男人跳舞，跳得脚都流血了还觉得开心，但他根本看不上我，他宁愿喜欢一个有伴侣的女人也不喜欢我，多亏了天星大人，她帮我获得了更高强的妖力，让我拥有了美丽的容颜，成为最美的花妖舞娘。"

"那现在你喜欢的那个男人呢？"

"一个抛弃过我的男人，凭什么配得上我？我会变得比他更漂亮，比所有人漂亮。"

花妖女子妖娆地笑着，眼神却冷酷，她优美地一转身，长鬓发与华美衣裙飞扬起来，柔软的四肢舞动起来。

随着花妖的舞动，那些藤蔓也仿佛更充满魔性，它们从四面八方席卷而来，摆成各种阵形向那三个少年攻击。

林亦天终于体力不支，没躲过一条藤蔓缠绕，被高高吊在了树上，除魔剑也从他手中掉了下去。

"林亦天！"白夜光和天星耀同时大叫了一声，但是他们却是自顾不暇，躲不开那些不停攻击源源不断的藤蔓，腾不出手去救他。

天星耀的白鸽都睡着了，没办法召唤，这里是陆地，而且是学校，不能为了对付花妖的藤蔓，而毁坏校园的环境，怎么办才好呢？

就在这焦急时刻，地面突然出现了大片的岩石，压住了那些不断蔓延生长的绿色藤蔓，使它们无法再舞动。

一团红色火焰飞速直击吊住林亦天的那条藤蔓，将藤蔓烧得断裂，林亦天掉了下来。

白夜光第一个飞身出去，伸手接住了林亦天，带着他安全着陆。

天星耀被他抢了先，只能站在一边看着他们安全落地。

三、沉睡

三个少年没有注意到，还有一团更大更迅速的红色火焰袭向花妖。花妖见自己的法术遭到破坏，已经停止跳舞，同时也发现了攻击，她飞快拉过一边的天星雨，让他挡住了那团红色火焰。

穿透胸膛的声音里，天星雨瞪大了黑色双眸，瞳孔紧缩，充满了恐惧与痛苦。仿佛时间在一瞬间静止了，只听到他血肉爆裂的声音。

他转头，瞪大眼愣愣地看着花妖，似乎在问一个理由，明明他已经是她的盟友了。

花妖的脸依旧美丽，声音清幽温和，眼里却有残酷的光芒："天星雨，你以为我会相信你真的是我的同伙吗？最重要的是，我可不喜欢扮女生还扮得这么漂亮的男人，那样显得我也太差劲了。

"雨！"天星耀发现天星雨遇袭，立刻飞奔过来。他一剑挥开了花妖，伸手抱住天星雨残破的身体。

天星雨口吐鲜血，胸膛的血洞还在汩汩冒血，苍白的脸上却有一抹凄厉的笑容，声音嘶哑："哥哥……你是不是觉得我活该？"

天星耀皱眉，焦急地说道："别说傻话，我马上带你回天星山庄治伤。"

天星雨拉住他的衣袖："哥哥，我有话想跟你说……"

"回去再说。"

"不，我怕再也没有机会了……你一定要听我说。"

天星耀看他如此执拗，只好妥协。

"哥哥，你相信吗？其实一直以来，我最开心的就是能伴随你左右，虽然我忌妒你总希望能有机会超越你，但我也明白其实你是最好最强的，能陪在你身边我很幸运。我只是恨我自己……如果我要是丑点儿傻点儿就好了，或者真的只是一个女孩儿就好了，那么我就只会想要陪在你身边，什么虚荣名利都不会想，也不会去要手段想取代你。我知道现在说这些都没用了，我是自作自受……"

天星雨苍白地苦笑着，伸出颤抖带血的手握住天星耀的手："只是，哥哥，我还是觉得舍不得……我也不知道舍不得什么。哥哥，你总是一个人，说是因为你不喜欢和别人相处，其实我知道是那些人都不配和你在一起。但是，就算有那么多动物陪你，你也还是会感觉寂寞吧？"

天星耀握紧了他的手："雨，你会好起来的，一切都可以重新开始。"

"发生过的事，就不可能回去了……哥哥，林亦天是和我完全不一样的人，我知道你其实很把他当朋友，我希望他能一直陪在你身边，带着我的那份一起……"

另一边，花妖见自己的法术已经被破，对方明显是不寻常的高手，她正准备撤退，那边的林亦天已经捡起地上的除魔剑赶了过来，拦住她，和她打斗起来。

而白夜光终于发现了那个他追寻了很久的身影，那个出手打破了花妖的法术、救了林亦天的人，那是收养他的师父黑老头儿，也是曾经送他到狐妖家族的狐仙大人白世。

他从树上飘然而落，银发飞舞，白袍飘扬，俊逸的脸上，一蓝一红的双眼清冷平静。

白夜光紧盯着他，冷冷地皱起眉："你到底是谁？你觉得我应该怎么称呼你？"

白世临风而立，目光不避不闪："你都知道了就不用问我了。"

白夜光愤怒道："你凭什么就这样不给我解释？你凭什么掌控我的命运？就凭你是狐仙吗？！"

"小心！"就在这时，林亦天发出了一声尖叫，他手里的除魔剑被花妖用藤蔓打落，飞向了天星耀那边。

天星耀正背对着并没有看到身后的情形，靠着他手臂的天星雨却是眼睁睁看着那除魔剑破空而来。天星雨使出最后的力气，扑起身推开天星耀，用残破的身体挡在他身前。

剑，穿身而过，血肉四溅。

在场所有人都震惊地看着这一幕，身上插着剑的天星雨仰面倒下，血流如注。

"雨！"天星耀扑到他身边，但受伤过重的天星雨已经发不出声音，只是脸上有一丝淡淡的笑，开始涣散的目光注视着他的哥哥，慢慢闭上了眼睛。

白世走过来看了看天星雨，天星耀连忙问他："我弟弟还有救吗？"

白世摇了摇头："他中了我的狐火，心脏本就已经开始腐蚀，再加上刚刚的那一剑……"

林亦天激动地扯住他的袖子："你不是狐仙吗？我上次快死了不也被你救活了吗？为什么这次不行？"

"救你的那次我已经元气大伤，到今天才刚刚复原了五成。再说了，天星雨的身体毁坏得太严重了，除非你们给他另找一个活身体。"

"那怎么办，怎么办……"林亦天无助地放开白世，愧疚地跪倒在天星雨面前。

白夜光拉着他安慰着："这不关你的事，全怪那只花妖！"

花妖已经被白世使出的仙绳捆了起来，她不甘心地挣扎着："这是你们自己的因果报应，凭什么怪我？我只是帮天星大人做事而已，你们自己才是罪魁祸首。尤其是你，白世！这一切罪孽，都是因为你当年辜负了天星大人！你会遭到报应的！"

白世面无表情，一掌打向那只花妖，她便被那强大力量震得昏厥过去。仙绳在她身上越捆越紧，她慢慢变回了她的原形——长着绿枝的鲜花。

白世把那枝花收起来，闭上眼默念了几句咒语，伸出修长的手指弹出去，有莹莹的光粉飞向四周，散发出生命的力量。

那些压住绿色藤蔓的岩石消失了，那些长满整个新圣中学的绿色藤蔓也消失了，仿佛万物复苏，一切恢复如常。

白世回头看向那三个少年："那些沉睡的人马上就要醒过来了，你们知道该怎么做了吧？"

天星耀抱起天星雨的尸体，轻轻说："只有雨不会再醒过来了。"

林亦天悲伤地看着他，无言以对。

白夜光见白世要离开，连忙跟了上去，他要弄清楚这一切。

天星耀带着天星雨的尸体回到天星山庄，白夜光跟着白世离开，只剩林亦天一个人站在树下，任风吹过他乱糟糟的头发和浑身是汗的校服。

过了良久，他自言自语道："我现在有点儿能明白天星雨的心情了，他仅仅是害怕被人忽略，想得到更多关注而已。这样永久的沉睡，对他来说是不是好事呢？他终于不会再感觉寂寞了。"

以往的暑假，林亦天大多时间都待在宝华书店，一边帮父母看店，一边在里面看书。

今年暑假也是如此，但是，这一次他明显感觉到会有不寻常的事发生，这一切让他感觉很不安。

白夜光跟着白世追问他们之间的纠葛之谜去了，天星耀因为弟弟天星雨的死估计还在伤痛中。林亦天自然没办法找他们，他只有自己修行法术，偶尔让小彩和君澈陪他。

只是小彩和君澈虽然都有特长能力，但战斗力和法力却略显一般，如果有精灵妖怪神青雪和炎冰在，估计能教给他更多东西，只可惜他们都归顺天星了。

他一直没有忘记那个要成为强大阴阳师的梦想，他知道只有自己强大，才能保护自己和自己想要保护的人，靠谁都不如靠自己。

拿出那天小彩和君澈帮他从锁妖塔带回的《天星妖怪录》，林亦天开始研究。

成魔后的天星已经无法使用《天星妖怪录》了，而林亦天现在还可以打开它，白世也说过，现在世上能打开《天星妖怪录》的只有他一个人。

但这真的能改变什么吗？

除了之前收进书里的千面歌姬、混血妖兽、女牛妖，还有已经成为他的式神的小彩和君澈，大部分妖怪都归顺于天星了。天星现在是万妖之王，魔性和法力都深不可测。而他还是一个初级阴阳师，除了些基础法术，攻击和防御法术都不太熟练，最大的能力就是可以操控体内绿光宝石的力量。

他恐怕自己再怎么努力都是杯水车薪。

不知道为什么，天星的灵魂明明曾经是他的一部分，明明是从他的身体里分裂出去的，他竟会如此怕她。

也许正是因为她是另一个陌生的自己，所以才更可怕。

四、吸血鬼

仲夏的黄昏，烈日渐渐西沉。

宝华书店二楼的咖啡馆里，林亦天又在这里待了一整天。

他正在看一本天星耀借给他修炼法术的魔法书，突然头顶上传来一个柔和得分外动听的男声："帅哥，不介意我坐在你旁边看书吧？"

林亦天赶紧用桌上其他书盖住魔法书，装作若无其事地抬起头。

拿着书本站在他面前的是一个英俊帅气的年轻男子，打扮复古而绅士，穿着剪裁优雅精致的英伦风制服，层次漂亮的中长发下，略显苍白的脸上带着温柔而甜蜜的微笑，双目专注地看着他。

　　这样迷人的笑容，若是对待一般少女，恐怕会令对方马上晕头转向满脸通红得口齿不清。但是林亦天却感到有些奇怪，看这个人如此感兴趣地看着自己，除非是自己魅力惊人，要么他就是别有目的。

　　林亦天当然相信是后者，只是现在咖啡馆还有一些读者在此看书品茗，他又是店主儿子的身份，不宜太过高调地表现异常，只好礼貌地笑着说道："请坐。"

　　年轻男子姿态优雅地落座。林亦天虽然低着头，刻意装作看书而不去看他，却还是能感觉到他炽热的视线，这让他觉得难以忍受，僵持着低头看书的姿势动都不敢动。

　　外面的天色渐晚，书店还有不到一个小时就要关门打烊了，咖啡馆的客人们陆续走出门，可对面那个奇怪家伙却没有丝毫要走的意思，林亦天暗自咬牙，觉得时间过得分外漫长。

　　他的脖子实在僵得受不了，他只好拿起桌上的饮料喝了一口，然后在桌子底下捏了捏小猫手表，默默召唤君澈，希望他看看那个奇怪家伙是什么来历。

　　当得到的答案是"吸血鬼"的时候，林亦天暗抽了一口凉气。

　　他不敢看对面那个家伙，赶紧按右手上的月亮形印记给白夜光传递信号，然后又给天星耀发了手机短信。虽说他们现在都有自己的事情要忙，远水可能救不了近火，但万一他有个什么不测……

　　有希望总比没希望好吧，不能让自己死了都没人知道。

　　在桌下做完这一切，林亦天吸了一口气，慢慢抬起眼看对面的年轻男子，正好对上他似笑非笑的视线。

　　男子唇边绽放出暧昧的微笑，说道："你知道我一直在等你吧？"

　　"你不要乱来……"

　　林亦天警惕地转头四顾，四周的顾客已经陆陆续续走光了。一个书店员工走到咖啡馆门口，似乎是准备过来清场打扫、关灯歇业。

林亦天老远就对着他喊，让他和别的员工都回家，这里交给他处理。

"终于就剩我们两个人了。"

空荡安静的咖啡馆，年轻男子注视着林亦天，英俊帅气的脸上露出温柔而邪魅的微笑。

林亦天站起身："胡说，这里明明只有我一个人而已，你又不是人。"

吸血鬼男子笑得更加迷人，叹息道："真没意思，你这么快就看穿我的身份了，我还以为可以多玩一会儿呢。"

林亦天召唤君澈和小彩现身，小彩变身成一个穿着红色雪纺纱裙的少女，手持着七彩银丝；君澈变成猫妖少年，绿色双眸莹莹发光，亮出尖利的爪子，呈现一种战斗架势，挡在林亦天身前。

吸血鬼笑眯眯地看着他们，抚唇道："一只猫加一只蝴蝶，看起来没什么好吃的，还是别凑热闹了嘛。"

小彩怒道："你这只披着人皮的野兽，还敢瞧不起我？！"

说着，小彩就挥舞着七彩银丝冲了过去，那是她用以束缚对手的武器。岂料那七彩银丝刚甩出去，还没接触到吸血鬼的身体，吸血鬼便笑着伸出手，推出一股阴寒的气息，将那七彩银丝冻住了。

小彩一脸吃惊，还没来得及反应，那阴寒的气息已经蔓延到她身上，将她整个人都冻住，形成了一个无法动弹的冰人。

林亦天和君澈都是一惊，眼见吸血鬼绕开成为冰人的小彩微笑着走近过来，君澈瞪着他，扬着爪子冲上前去。同样的，吸血鬼把他也变成冰人。

"早就跟你们说了别凑热闹嘛，还自讨没趣。"吸血鬼邪笑着，绅士一般用白色手帕擦了擦自己的手指。

林亦天惶恐地后退一步，天星收的妖怪果然很厉害，小彩和君澈根本不是他的对手。

"你很怕我吗？"吸血鬼微笑着靠近林亦天，直到把他逼得背靠到墙上，退无可退。他又将手臂撑在墙上，苍白英俊的脸逼近少年，微眯起眼，魅惑地直视林亦天的眼睛，"小男孩儿，我倒是觉得你挺可爱的，乖乖陪我玩游戏怎么样？我答应你，晚点儿再吸你的血。"

林亦天侧头，躲开他冰冷的气息，用力把吸血鬼推开："你和天星那魔女一样变态！"

吸血鬼丧气似的叹了一口气，语气却如孩子一般顽皮："天星大人说了，我们哪个妖怪打败了你，你就归谁处置。你若是不肯乖乖跟我玩，我只好吃掉你了，等我吸了你的血，把你转化成我的同类，你自然会听我的话。"

林亦天猛地瞪大了眼睛，摆出战斗的架势，却又控制不住身体的微微颤抖："你休想！小爷就算是自杀也不会任你摆布！"

吸血鬼受到嫌弃，玩心大减觉得十分委屈，他用危险的眼神看向林亦天："小男孩儿，既然你这样对我，我也不需要对你客气了！"

眼看着吸血鬼掌中翻腾起黑色的气息，林亦天准备拼死一搏时，咖啡馆的窗口突然飞进一只青色的精灵，在一团光芒中，青雪化身为人形站在林亦天身前，以一种保护的姿态挡住了吸血鬼的攻击。

"青雪！你怎么会来？"林亦天惊讶地看着她，不知道效忠于天星的妖怪神怎么会来保护自己。

青雪背对着他，淡淡道："我只是不想你受到伤害。"

吸血鬼满脸怒色地走近，愤怒地质问："大胆青雪，你竟敢背叛天星大人！难道你不知道这会有什么下场吗？"

青雪冷冷道："我做事还轮不到你来教，你最好快点儿从我眼前消失！"

吸血鬼冷哼了一声："我可不是炎冰，对你事事迁就，我在完成天星大人交给我的任务，如果你硬要阻拦，大不了我把你们俩都吃了！"

青雪眼神凛冽："就凭你也有那个本事，你真的把别人都当小孩儿

174

吓唬吗？"

吸血鬼愤怒地瞪着她："那好，我们就试试！"

他们正展开架势准备过招时，窗口又飞进来一只红色精灵，在一团光芒中，化成人形的炎冰站到青雪身前。

一向淡定的青雪有些诧异，她原本以为看淡世间百态以玩乐为趣的炎冰，一定不会为了小小私情而背叛天星，所以此行她根本没有告诉他。

察觉到她疑惑的眼神，炎冰回过头对她一笑："你都来了，我怎么能不来？"

青雪双眸微动："我以为……"

炎冰含笑注视着她："我知道你在想什么，但是你一直不知道，永远跟随你才是我存在的目的。"

青雪怔怔地看着他，林亦天第一次看到她如此不知所措又如此幸福感动的样子，心里觉得很欣慰。

一旁被忽视的吸血鬼很是不快，大喊道："你们两个叛徒，我一定要向天星大人禀告你们的罪行！"

炎冰对他笑眯眯地说道："好啊，那真是感激不尽，为了感谢你我要送你一份大礼！"

说话间，他从怀中掏出一个利器抛向吸血鬼，随着他使出的力量，那个带着魔性的银色十字架准确无误地射中吸血鬼的胸口。

吸血鬼惊叫了一声，苍白的脸恐怖无比，他的身体很快在那银色十字架的力量下萎缩、融化，变成一摊血水。

五、真与假

把咖啡馆的地面清扫干净，关上了宝华书店的大门，林亦天才松了一口气。

这个时候，白夜光和天星耀才一前一后匆匆赶到宝华书店门口，看到林亦天安然无恙，又看到精灵妖怪神，他们都很是疑惑。

林亦天跟他们解释了一遍："幸亏他们及时赶到，否则今天变成一摊血水的就是我了。"

炎冰眼中难得露出一抹忧郁，叹道："小天，你的危险还远远没有结束，天星大人还在继续玩这个游戏，她一定会再派妖怪来对付你的。"

青雪点头道："你最好先离开现在住的地方，不然一定会连累到你身边的人。"

天星耀看着他，说道："你跟我一起去天星山庄吧，正好也可以修炼法术。"

林亦天想不到比这更好的办法了，于是点头同意，看到白夜光抱着胳膊站在一边，建议道："白夜光，你也跟我们一起去吧。"

白夜光抬眼看了天星耀一眼，又看向林亦天，似乎有些不乐意，但终究没有说出反对的话。

林亦天打了个电话，跟父母交代了一下行踪，说要和同学一起出去摄影采风旅游，过些天再回来，请他们不用担心。

简单地收拾了一下行李，带着《天星妖怪录》、蝴蝶玉佩和小猫手表，林亦天很快就准备就绪。

青雪和炎冰变身羽翼神兽和三个少年一起飞往天星山庄。

夜风中，林亦天骑着青雪飞在前面，心情愉悦地张开双臂。

朋友是最宝贵的财富，就算前路一直伴随危险，依然欣慰有他们相伴。

终于穿越山林来到山谷，进入湖上的巨大古城。谁料刚回到天星山庄不久，青雪和炎冰的身体突然出现异常，浑身冒着黑色的气息，一青一红两只羽翼神兽摔倒在地上，现出精灵的原形，痛苦地抱住头，浑身抽搐着在地上打滚。

"青雪，炎冰，你们怎么了？怎么会这样？"林亦天蹲下身，却又怕弄疼他们而不敢触碰，紧张得不知所措。

炎冰躺在地上咬牙道："一定是天星大人发现我们背叛她了……天星大人在我和青雪身上都下了毒咒，一旦背叛她就会灰飞烟灭……"

"我早知道会这样……"青雪忍痛看着炎冰，咬唇道，"只是对不起你了……你不该也跟来的……"

"这是我的选择……"炎冰爬到她身边，痛苦扭曲的脸上却有笑意，他伸手抱住她，"青雪，选择你……我永不后悔。"

青雪含笑靠着他，深情地说道："有你这句话……什么都值得。"

同生共死，不离不弃。

这是他们从未说出口，却一直履行的承诺。可为何证明这幸福的方式，却是如此痛苦的代价。

他们是为了他才会如此……

林亦天的眼眶红了，三个少年眼睁睁看着这两只被毒咒咬噬的精灵拥抱在一起，身体慢慢化作透明，消失。

夜幕过去，旭日东升，红色的晨光把夏日的云层染上光亮，也渐渐照亮了天星山庄这座庞大的古城。

三个少年站在高高的塔楼上，看着光线变幻的天空。

林亦天站在栏杆边，晨光照亮了他俊秀的轮廓，他的眼神忧伤却又透着坚定："从现在开始，我们不能再被动地被攻击了，我们要主动反击。我们要一起战胜魔女天星，那样才能守护自己想要守护的东西！"

白夜光和天星耀看着他，似乎被这样的他震慑住了。

林亦天回过头看了他们一眼，问道："你们愿意和我一起吗？"

天星耀望着他，沉声道："风雨同行。"

这句话，让林亦天想起昨天牺牲的青雪和炎冰，眼中浮现出感动的泪光。

白夜光皱眉看了天星耀一眼，又定定地注视林亦天："废话，我和你不是早就签订了契约吗？"

林亦天一左一右搭着他们的肩膀："那么，从现在开始，我们就是共同作战的战友了。"

据各种可靠消息，现在在妖魔界，妖怪们只有两个选择，要么归顺于天星，要么被天星吞噬，这两种选择对天星无疑是有利而无害，都会壮大她的实力。

这也就意味着，林亦天他们三个要面对的挑战会更加困难。

他们想要找狐仙白世一起对付天星，虽说他曾经是天星的旧情人，但如今的天星早就不是五百年前的天星，她已经重生为万恶的魔，白世身为狐仙，再怎么说也有义务为人间除害。

可是白世的行踪缥缈，谁都不知道他究竟在哪儿。

白夜光说，上次他从新圣中学跟着白世离开后，一直追问白世这么多年对他隐瞒的真相，但是白世一直不肯回答。后来白夜光收到林亦天的信号就火速赶往宝华书店了，那之后白世去了哪儿他也不知道了。

如今天星闹得妖魔界大乱，白世不可能坐视不理，可是他也不愿意跟白夜光纠缠，以他我行我素的个性，应该会比较喜欢自己行动。

据说，白世也一直在追踪魔女天星，所以那天才会出现在新圣中学帮他们解决花妖，可是魔女天星却在故意避开他，她要主动操控自己的游戏，不想被白世破坏。

林亦天问白夜光："你是妖界赏金猎人，不是有很多眼线妖怪吗？

能不能发动他们追查一下？"

"白世的行踪要是能被普通妖怪查到，那他就不是狐仙了。"白夜光瞥了天星耀一眼，"况且找眼线妖怪调查还要花钱，还不如让天星耀用他的鸟兽追踪，他不是最擅长用魔法操纵动物吗？"

天星耀没有理他，目光沉静地看向林亦天："我倒是有一个办法，可以引白世出来。"

不久之后，魔法界各处都传播着一个消息，说现在出现了两个天星大人，一个在天星山庄，一个在万妖之国，不知哪个是真，哪个是假。

放出这个消息之后不久，天星山庄就敞开大门，召开魔法大会，邀请各大魔法界人士参加。

这是继天星少主天星耀的受封大典之后，天星山庄第二次举行大型公开会议。

终究是首屈一指的阴阳师家族，这次前来参加的人不比上一次少，各大魔法家族和阴阳师们都没有错过。

而就是在上一次大会中，白世混入天星山庄，偷走了《天星妖怪录》，后来发现自己打不开，于是故意让白夜光偷走了《天星妖怪录》，去寻找解答。

然后仿佛是注定的，白夜光遇到了林亦天，林亦天打开了《天星妖怪录》，他们成为契约者。

天星山庄的主楼大厅，天星族长天星决和各位天星长老正在宴请广大宾客。

后院的客房里，林亦天正在里面准备，小彩正在给他化妆打扮。

按照天星耀的安排，林亦天今天的任务是装扮成五百年前的天星。

不得不说，天星耀的计划很妙，如此不仅能引出白世，还能混淆妖魔界的视听，给万妖之王天星一点儿颜色，也好让他们有机会找到对付她的办法。

但事实上，林亦天对男扮女装十分不情愿，他又不像天星雨那样阴柔，要他扮女人他觉得实在太诡异了。

可是这次竟然连从来和天星耀不合拍的白夜光也投了赞成票，还说你既然想反击天星，牺牲总是难免的，如果连这点儿小事都做不到就别谈反击了。

林亦天心想，你那么能干，那你怎么不扮女人，但一想白夜光那傲娇又毒舌的作风，估计也会搞砸。

他把目光投向了天星耀，他知道天星耀的性格一定靠谱，而且扮女装也绝对比自己美。但天星耀冷静地表示，如果他假扮天星，就没人主持大局了。

于是林亦天无话可说，只能服从安排。

他们三个人好不容易成为统一战线的战友，要他牺牲一点儿色相他也认了。

白夜光不想见天星家族的人，天星家族的人也不想见他这个狐妖，于是他就一直待在林亦天的房间里。

跷腿坐在外间的椅子上，白夜光咬着苹果看着里间的帐幔，问道："林亦天，你觉不觉得发生在我们身上的很多事情都太过巧合了，就像是……早就安排好的？"

"你也有这种感觉？我也是这样觉得，那时候白世不光扮成你的师父，还附身在任枫身上，不知道他做这一切到底有什么目的，到底哪个他是真，哪个他是假。"

林亦天一边说着，一边掀开帐幔走出来。

经过小彩的易容术之后，林亦天穿着华美的红色衣袍，披着漆黑长发，脸庞白皙清丽，明亮的眼睛透着天真灵气，姿容美艳而不可方物。

白夜光看到他的那一瞬，苹果滚落到地上。

林亦天低头看了看自己，诧异地问道："怎么？不像五百年前的天星吗？"

"我早知道你又呆又傻，没想到你装扮成女生的样子不输给天星雨啊……"银灰色双眸波光流动，白夜光嘴角不自觉地染上一丝笑意。

林亦天怒吼："滚！爷明明是热血美少年！"

Chapter 08
只有我一个人记得以前的你就好

"如果你恨我的话，就不会感觉痛心了。而我不会再离开你，我会永远陪你走……
天星，我爱你，我们再也不用寻找和等待了，现在就是永恒。"

——白世

一、白骨骑士

天星山庄的主楼大厅，宾客满堂。

天星耀见时机已到，便把林亦天带出场，和他一起坐在高台上的主席位上，向广大魔法界人士介绍，说他就是天星大人。

各大魔法家族的魔法师们看到林亦天的出现都惊诧地议论纷纷，大多数阴阳师虽然没有亲眼见过天星的样子，但是天星的传说和她的肖像早就名动天下，稍微有点儿见识的阴阳师不可能不知道她的风姿。

坐在高台主席位上的那个黑发红衣的女子，真的宛若五百年前的天星大人再生。

而就在他们惊诧不已的时候，突然有一个声音高喊道："她是冒牌的天星大人！"

所有人都是一惊，天星耀和林亦天抬眼望去，只见从人群中走出一个异样的人影，却明显不是狐仙白世。

他穿着一身黑袍铠甲，但稍微注意看就知道那衣服里的身体是一具白森森的骨架，节节分明的手指白骨尤其恐怖，他的脸已经不能称之为脸，那是一具骷髅。

藏在大厅暗处的白夜光也很诧异，没想到没等来白世，却等来这么个妖怪，看来他应该是天星的那四大妖怪之一，居然敢在这个时候闯天星山庄，真是勇气可嘉。

人群中很快就有阴阳师怒斥道："白骨妖，天星山庄是你来的地方吗？竟然还敢在这里胡言乱语！"

白骨妖无畏地昂然道："我没有胡言乱语，真正的天星大人是我们的万妖之王，我是天星大人的白骨骑士，这家伙是个冒牌货！"

阴阳师们愤怒地团团围住他，扬起手中的剑，怒斥道："卑鄙无耻的白骨妖，竟敢对天星大人出言不逊！我们今天就让你灰飞烟灭！"

虽说他说的是真话，但明显很多时候，并不是真的东西就能被人接受，人们总是以为自己接受的东西才是真实的。

他们觉得，天星山庄的天星大人才是真的。

几个阴阳师冲了上去，施法用手中的除魔剑围攻白骨妖。

但奇怪的是，每当除魔剑砍掉白骨妖的身体部件，那部分白骨总会很快地接回去恢复原样。

白骨妖抓住一个阴阳师的脖子，把他甩到周围的阴阳师身上压倒。

"就凭你们，也能让我灰飞烟灭？你们这群愚蠢的人，都给我让开，我要杀了那个冒牌货！"

白骨妖重重挥手，用掌中的黑色能量扫开那些挡路的阴阳师，飞身直跃上高台。

大厅内乱作一团，天星耀对暗处的白夜光使了个眼色，然后用力把林亦天推向他那边，接着抽出除魔剑抵挡白骨妖。

白夜光飞身过来，想伸手接住从高台飞来的林亦天，却见眼前快速闪过一个白影，那白影比他先接住了林亦天，抱着他旋转了一圈儿，落到了旁边的空地上。

仿佛是一瞬间的定格，银发白衣的男子抱着黑发红衣的女子，旋转着优美的弧度。

他一红一蓝的瞳孔中，映出她美丽脸上的惊诧表情。

抱着假扮成天星的林亦天落在地上，白世伸手轻轻抚摸"她"的脸，俊逸的脸温柔地微笑："你很像她，但你不是她。"

白夜光走过去，一把将林亦天拉到身后，皱眉怒道："别以为你是狐仙就可以对所有人为所欲为！"

白世放下手，弯唇一笑："我要是真能为所欲为就好了，那就不会有你的存在了。"

白夜光瞪起眼："你！你这样的家伙简直枉为狐仙！"

见白夜光愤怒得简直想上前打架，林亦天连忙用力扯住他，让他以目前的大局为重，旁边还有妖怪没有对付。

众人见到狐仙白世突然出现，纷纷露出既震惊又畏惧的神色。

只有白骨妖和天星耀还在一旁打斗，那白骨妖孤军作战，明显处于下风，但却依然坚持不懈，拼了命一般地战斗，被打散了全身的骨头又再次自动复原，如此反复。

这倒令林亦天都有些欣赏："想不到天星已经沦为魔女，却还有这么忠心为她效力的妖怪。"

白夜光看了他一眼："那有什么好稀奇，妖怪也是有心的，如果认准了一个人，就一定会拼死护他到底。比有些人啊、仙啊都好太多了。"

林亦天看着他微微笑起来："你是因为你也是妖怪才这么说，还是因为他和你很像？"

白夜光眸光一闪，却没有回答他，转向白世道："喂，你还不出手收了那个白骨妖？"

白世正在观察天星耀使出天星家族的剑术对付白骨妖，双手环胸懒洋洋地说道："急什么，天星耀又不是打不过他。"

天星耀的剑术对付白骨妖自然是不差，可是每当他将白骨妖的骨头打散，白骨妖又会很快地恢复原样。长时间的战斗，天星耀的体力不支，在他稍微松懈防御和攻击的时候，白骨妖飞出一个骨棒将他打飞出去。

"少主！"天星族人们立刻大喊着过来扶他。与此同时，白世飞快地上前，使出灵活如蛇的仙绳捆住了白骨妖。

"告诉我，天星现在到底在什么地方？"

白骨妖扭过他的骷髅头,冷哼:"反正我也是一死,我绝对不会背叛天星大人的!"

林亦天走过来,说道:"你这个傻瓜,天星一直在等着白世呢。"

白骨妖不信:"怎么可能?如果天星大人想见白世的话早就出现了,她想做的事没有人能拦得住她,为什么天星大人还需要派我们出来对付你?"

林亦天叹道:"你真是笨死了!你也知道天星那么厉害,要解决什么问题她还需要靠别人吗?她只是希望白世主动去找她!这你都不明白吗?亏你还是她的白骨骑士!"

白骨妖一时惊愕沉默,半晌才低头沉声道:"原来是这样……"

不只是他,连白世都被林亦天的话所惊愕,他看着林亦天,问道:"你觉得,她是希望我主动去见她?"

林亦天耸耸肩:"难道不是这样吗?她做了这么多事情难道不是为了引你去见她吗?她只是怪你当初离开她。"

白世沉默下来,眼神十分严肃,没有了以往的俏皮慵懒,仿佛在深思着什么。

天星耀见这形势,连忙让天星族人请来参加魔法大会的阴阳师们离开,把大厅的闲杂人等都清场,只留他们几个人。

林亦天小心翼翼地观察着白世,进一步问:"我一直想问你,你当初为什么离开天星?难道你一点儿都不爱她吗?"

白世被他问得发怔,双眼失神,喃喃道:"我当初为什么离开天星?难道我一点儿都不爱她吗?"

三个少年惊讶地看着狐仙白世的失态。突然,他转向白夜光,激动地扯住他:"是你!因为你我放弃了她!"

白夜光一头雾水,怒问道:"你在乱说什么?明明是你一直在操控我的人生，我才一直想问你为什么！"

白骨妖也愤然道："就是因为你，天星大人才变成今天这样！她以前是那么天真快乐，是你彻底改变了她！你一直在伤害她，可是她还是忘不了你！"

面对他们的指责，白世愣住，忽然又颓然地坐在地上，仿佛是控制不住地失控了。

"对，是我……最错的是我……"

林亦天蹲到他身边，问道："你可不可以告诉我们，这一切到底是怎么回事？"

白世微微低着头苦笑，轻声道："我当时觉得，那样的方式对我们来说应该是最好的，我一直觉得成仙以后我就不会对她有任何感觉……谁知道五百年后的现在，我还是想着她，想知道她的心在想什么，是不是还恨我。《天星妖怪录》是她唯一亲手留下的，我想知道里面的故事，可是居然打不开，直到你的出现……"

"你当初偷《天星妖怪录》就是为了这个？"林亦天疑惑地看着他，"你明明……明明还是爱她的，那当初为什么会离开她？只是为了成为狐仙吗？你怎么舍得？"

白世苦笑着："怎么舍得，怎么会舍得？我是舍得了自己，才放弃了她，终于成就了终生理想成为狐仙……"

林亦天问："你说'舍得了自己'是什么意思？"

"就是把自己的记忆从体内拿出来，抛弃自己灵魂的弱点，这是教我成仙的师父告诉我的方法。只是我没想到的是，在这五百年里，我因为经常听到她的传说，对她有一种特别的感觉，传闻中我和她有一段故事，但是有很多事情我已经忘记，我只能到处寻找那些记忆……"

白世抬起头，慢慢看向白夜光："也许是命中注定我要记得这种痛苦，当年那些从我身体里剥离出去的精神意识，曾经是我灵魂的一部分，经过几百年的仙法保存竟然会变成另一个灵魂，我把它培育成一只有独立意识的狐妖。一百多年前，我把变成婴儿的他送到狐妖家族寄养，我知道天星家族一向和狐妖族势不两立，于是骗狐妖族长说，他的父母被天星家族的阴阳师杀害了，他是一个孤儿……"

二、幻影

大厅里一片寂静，白夜光脸色惨白，惊愕地瞪着白世，半天才发出暗哑的声音："你刚刚说的是我吗？我是曾经被你抛弃的另一个灵魂？这就是你之前一直不肯告诉我的真相？！"

林亦天担忧地上前拉住他："白夜光……"

白夜光一把推开林亦天的手："真可笑啊……真可笑……"他一边说着一边真的发笑起来，那笑声凄厉惨淡，令人心痛。

林亦天叫着白夜光的名字，他却在林亦天的叫喊中，摇摇晃晃地向大门口跑去。

天星耀拉住了想追出去的林亦天："小天，你先让他静一静吧，这件事对他的刺激一定很大，你现在说什么他都听不进去。"

林亦天只好叹了一口气。

天星耀又看向白骨妖，说道："我们还是一起去找天星吧，我相信只有见到她才能解决根本问题。白骨骑士，如果你真的想帮助天星如愿，请你告诉我们怎么样才能找到她吧。"

夏日的海风，在火热的阳光中格外凉爽。

一望无际的蓝色海洋上，一艘小轮船正行驶在海浪中，向海中的一座名为花羽岛的方向前行。

白骨妖说，天星就在花羽岛上，那是她曾经的王国。

林亦天站在甲板上，迎面吹着海风，眺望着远方，神情若有所思。

天星耀走过来，问道："你还在想白夜光的事吗？"

林亦天担忧地皱眉："以前他一直痛恨自己的过去，想摆脱别人的操控，还想借用《天星妖怪录》的力量改变自己的命运，却没想到得到了这样的真相，他一定很难过。"

天星耀站在他身边沉默了一会儿，轻声道："命运，如果能被改变，就不能称之为命运了吧。一切都是必然而非偶然，必然会发生的事是不能轻易改变的。"

林亦天侧头看他，反问道："那你觉得白夜光的存在是必然的吗？我和他的相遇也是必然的吗？"

天星耀凝视着他微微一点头："我们的相遇也是必然的。"

正当林亦天陷入沉思的时候，整个船身突然一震，林亦天没有站稳，摇晃着要摔倒，幸亏天星耀抓住栏杆及时地拉住了他。

船摇晃得越来越严重了，他们都不知道发生了什么事。白骨妖从船舱里摇晃着走出来，哈哈大笑："你们以为我真的会带你们去见天星大人吗？你们都是伤害天星大人的人，你们都该死！这艘船马上就要沉了！你们就等死吧！"

天星耀和林亦天都是一惊，连忙想去寻找白世，自从他说出白夜光的秘密后，就没有再说一句话，刚刚他一直在船舱里。

海浪冲击着小轮船，船身不断发出"咯吱"碎裂的声音，海水也在不断涌入。

天星耀拉着林亦天找遍船舱，却都没看到白世。

情况紧迫，天星耀连忙召唤小龙王玉轩。一条青龙很快从海水中蹿出来，在支离破碎的船身下沉的时候，将天星耀和林亦天驮到身上。

林亦天吃下天星耀给他的避水珠，担忧道："不知道白世现在在哪儿，我们快点儿去找他吧。"

两个少年骑着青龙，一起在海中寻找白世的去向，寻找了许久都没找到。天星耀突然想到一个地方："亦天，你还记得我们上次在海底看到的那个沉没的宫殿吗？"

林亦天也想起来："就是沉入海底的花羽国宫殿？"

"对，就是那里，我觉得白世很有可能会去那里。"天星耀看向一旁的青龙，"玉轩，快点儿带我们去那里吧。"

玉轩微微一怔，但还是很快一甩龙尾，向海底那座沉没的宫殿游去。

青龙的背上，林亦天靠近天星耀小声说："玉轩旧地重游，一定会有点儿难过吧。上次他就是在那里见到他的恋人，可是他们刚见面她就消失了，真的像一场让人失落的幻影。"

天星耀沉吟道："虽然是这样，可是很多人一生都在寻找这种瞬间即逝的幻影。白世也是这样，他一定是因为听说过当年的花羽国宫殿就是沉没在这里，才到这里来的。我想当初白夜光寻找绿光宝石，肯定也是因为白世需要用绿光宝石，寻找他忘记的那些记忆，谁知道绿光宝石被你给吞了。"

林亦天看着面前的人感叹："你知道的事情可真多啊……我看你不当阴阳师的话，也可以像白夜光那样当赏金猎人，收集情报一定没人比你厉害。"

天星耀无奈一笑："你这是夸奖还是讽刺呢？"

难得看到天星耀的揶揄，林亦天笑道："当然是夸奖啊，我觉得你很有智慧。"

他们说话之间，青龙已经带着他们游到深海底，前面不远处就是那

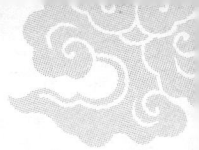

座沉没的宫殿。

那座已经长满绿色植物的宫殿，衰败而暗无光彩，只是大部分的构建还在，依稀看得出它曾经的辉煌。

在那里，果然有一个银白色的身影。他仰望着那座衰败的宫殿，仿佛思绪万千，丝毫没有察觉到他们的来到。

"白世，你在这里看什么？"林亦天走到他身后。

"……"

"白世，绿光宝石在我这里，我可以帮你找回你忘记的那些记忆。"

银发白衣的男子慢慢回过头，一红一蓝的双眸透明而忧伤。这是第一次，他毫不掩饰地流露出他的情绪。

纵然他是狐仙，纵然他曾经放弃过自我，他终究还是无法无情。他无法毫无意义地存在，他所拥有过的感情就是他存在的意义。

由于在海底无法施法，他们又骑着青龙回到海上。

几番周转，他们终于来到花羽岛的沙滩上。

在海边的一棵树下，林亦天把手放在白世的头顶，用绿光宝石的力量对他施法，恢复了他五百年前的记忆，那是他与天星另一个视角版本的故事。

两人相遇的大部分情形，和上次林亦天在天星残留的记忆里看到的一样，五百年前，花羽国公主天星喜欢跟皇宫里的皇家阴阳师学习法术，希望当一名阴阳师，在练习抓妖的途中遇到狐妖白世，后来爱上白世。

而那时已修行千年的白世一心修仙，只是觉得那个小女孩儿可爱，还并未真的爱上她。

直到那年花羽国国王大病，天星找他求助。天星的父王病逝的时候，天星晕倒过去。在那之后，白世知道了很多天星不知道的事情。

老国王去世后，本应该由大王子宏川继位，但和宏川王子长相酷似的二王子凉司杀掉他取而代之，夺走王位。

凉司怕被人发现，决定除掉所有可能知道真相的人，连从小和他一起长大的妹妹也未能幸免，因为他知道天星能分辨出他和宏川，而且天星素来和宏川的关系很好。

白世发现了这个宫变真相，觉得天星十分可怜，于是用尽心思把天星带出皇宫。天星以为他是要和她厮守才和他一起走的，却不知道他早有修仙的志向，决心不会为任何感情放弃。

白世最初帮天星开创忘川楼的目的，就是希望他走后天星还是能好好生存下去。

可是，后来的他不得不承认，在忘川楼和天星在一起的那段日子，是他生命中最开心的时候。

只是他爱上天星的时候，比天星爱上他的时候迟，但也就是这一步之遥，让他一直觉得自己应该铭记自己的志向，他要实现他的理想。

他以为自己还不是那么爱天星。于是他离开了天星，继续他的修仙之旅。

只是在最后要成仙的时候，他想起了天星，那个黑发红衣的女子的天真笑容，想起他们在忘川楼的最后一天。

"白世，谢谢你给了我新的生活，我好喜欢这里，真想永远和你在一起。"

"你喜欢就好。"白世看着她靠在他肩上脸上绽放的笑容，顿了顿，"天星，最近我有点儿事要忙，可能要离开一段时间。"

天星连忙紧张地抬起头："你要去哪儿？"

白世幽幽地看向远方："我要去完成我的理想。"

天星有些委屈："难道……你的理想不是和我在一起吗？"

白世笑着点了一下她的鼻子："傻瓜，我还有别的理想啊，在认识

你之前就有的理想，我觉得我不能放弃。"

"你的理想是什么？"

"修仙。"

天星有些发愣："这就是你不能成为我的式神的原因吗？"

"……"

"你会离开多久？离开了还会回来吗？"

"只要我还没死，就一定会回来。"

"那我等你。"

他记得她执着的脸，他觉得舍不得，心里很痛苦。

教白世成仙的师父告诉他，其实所有生物的身体都只是一个容器载体，决定这个生命意义的是其中的灵魂，而组成灵魂的精神世界，是意识和记忆，是灵魂在世间经历而形成的性格、品质、优点、弱点等。如果他想要成仙，就要把那些阻碍他无法成仙的记忆和灵魂弱点拿出身体，这样他就会忘记他和天星的爱情，才会拥有狐仙的品格。

于是，他选择听从师父的话，抛弃自己的记忆和灵魂弱点，后来终于成为狐仙，成为那个对天星无情无义的白世，自由自在，也永远寂寞。

这就是被白世遗忘的记忆，他曾经和天星相爱的过去，他曾经放弃的爱情。

三、矮人海盗

五百年前的白世不曾想到，忘记自己的过去之后，在成为狐仙之后的很多年，他都不断听到关于天星的传说。

天星因为他的辜负，断爱绝情，苦心修炼法术，创造了《天星妖怪录》，成长为一个伟大的阴阳师。

天星成功之后，曾经返回过她的故乡——花羽岛国。她知道了几年前自己离开后发生的宫变，二哥哥凉司杀死了大哥哥宏川，夺走了王位，皇宫的一切都已经物是人非。

她想起那时候白世带她离开花羽岛国之前，就说过皇宫有内乱，可是没想到在那时候悲剧就已经发生了，她更加恨白世不让她知道真相，害她连最亲爱的哥哥宏川死了都不知道。

气愤之下，天星号令自己收服的所有妖怪，合力把带着凉司王子的花羽皇宫连根拔起，投入海中，让他和他的王位永沉海底。

花羽皇族的其他人，被天星带离了花羽岛国，改姓氏为天星，来到了大陆世界的隐秘山林里隐居。他们在山谷里的湖上建立了天星山庄，成为首屈一指的阴阳师世家，降妖伏魔，与狐妖族势不两立。

说不清是何种初衷，白世有意创造了白夜光。

那些原本是阻碍他成仙的灵魂弱点，在剥离本体后独立形成了另一个灵魂，白世把这个灵魂培育成狐妖，把还是婴儿的狐妖白夜光送到狐妖家族抚养，并告诉所有人，他是一个孤儿，父母被天星族的阴阳师所杀。

可是也不知道白夜光是因为受到其他狐妖的欺负性格变得恶劣，还是真性情使然，在稍微长大后，他因与同族不合居然跑出了狐妖家族。

白世化身千年狐妖黑老头儿再次收养他，把他培养成了妖界赏金猎人，同时也等待时机去偷《天星妖怪录》，这也是他更大的阴谋计划的开始……

其实他是第一个发现了天星的转世，在他一步步的安排中，他接近了林亦天、天星族人，还有被天星封印过的妖怪，也慢慢找回了以前的记忆。

他终于发现，即便是失去了以前的记忆，放弃了自己的那些看似是灵魂弱点的品格，相隔了五百年的时空，他依然会爱上她。

从过去的那些记忆中苏醒，几个人都十分沉默感伤，尤其是白世，他呆坐在那里，嘴角含笑，黯然失色的眼睛里隐藏着悲伤。

林亦天环顾四周，发现这个岛上树木凌乱，杂草丛生，这里就是君澈曾经梦想回到的家乡，但现在已经是一座荒无人烟的小岛，五百年前的花羽国早就不复存在了。

突然，不远处传来一阵哭声。循着哭声，林亦天看到草丛里有一个矮小的身影，那是一个四肢短小、有一双圆圆眼睛的矮人，他正坐在那里哭。

林亦天走过去，蹲在他身边，问道："你怎么会在这里，为什么哭？"

矮人抬起头，用泪眼看着他，抽泣道："我被你们感动了，所以哭了……"

他可怜无害的模样，让林亦天倍感同情和好感，他把矮人带到那边的树下。

天星耀打量了他一眼，疑惑地问："你在感动什么？你好像还不知道前因后果吧？"

矮人被他问得一愣，都忘记哭了，但很快又可怜兮兮地说："我知道你们是谁，我也知道你们来到这里是为了寻找天星大人……"

天星耀静静地看着他："这么说，你是天星的四大妖怪之一了？那你还被我们感动了？"

矮人这下解释不出来，露出更加可怜的表情。

林亦天一向不愿意欺负弱小，用手肘碰了天星耀一下，小声说："你看他这么可怜，你干吗那么刻薄啊？妖怪也有好妖怪的嘛。"

林亦天挡在天星耀前面，把矮人拉到一边，问道："你别理他，你能告诉我天星现在在哪儿吗？"

矮人点点头，说道："我不光知道天星大人现在在哪儿，我还知道白夜光现在在哪儿。"

"白夜光？你是说你知道白夜光在哪儿？！"林亦天不禁有些激动。

自从那天在天星山庄，白夜光知道自己身世的真相后就离开了。

林亦天用契约印记给他发信号也得不到回应，他知道白夜光是受到了太大的打击，必须一个人静一静，可是这样一直没有消息，他很担心。

"不要相信他，他怎么可能知道白夜光在哪儿？"天星耀走到林亦天身前，站到矮人面前。

矮人笑而不语，绕过天星耀，走到林亦天面前："如果你想见你要找的人，现在就跟我走吧。"

"可是白世怎么办？"林亦天回头看了一眼还坐在树下发呆的白世，对天星耀说，"要不你留在这里陪白世吧，我跟他去找白夜光还有天星。"

天星耀微微皱眉，立刻拒绝："不行，别忘了我们才是战友，白世是狐仙，我把玉轩留在他身边，应该会没事的。"

林亦天只好接受他的意见，三人一起离开海边，走进不远处的树林。矮人带着林亦天走在前面，天星耀紧跟在后面。

矮人对林亦天很是温柔可亲，还善解人意地帮疲惫的林亦天背着背包，一路上两个人聊得其乐融融。

"白夜光现在和天星在一起吗？"

"是啊，那天白夜光失魂落魄的时候，天星大人找到了他。"

"那白夜光现在怎么样了？"

"你放心吧，天星大人对他很好的。"

林亦天正想着还问些什么，矮人忽然用力推了他一把。林亦天摔倒在地，还不明所以的时候，一个大铁笼子便从天而降。

林亦天恐惧无措，只能眼睁睁地看着那个大铁笼子扣向自己。

而就在那大铁笼子完全扣住他之前，一个修长的身影飞身闪入，和他一起被关在了大铁笼子中。

矮人打开林亦天的背包，检查了一下里面的《天星妖怪录》、蝴蝶玉佩和小猫手表，然后对大铁笼子里的两个少年笑了起来："两个愚蠢的人类。"

林亦天愤怒地大吼道："你这个骗子！小偷！你明明说带我去找白夜光和天星的！"

矮人无所谓地笑笑："等你们都死了就能见到他们了，天星大人说要见你们的尸体。你说我是骗子小偷可不对，我在被天星大人收服之前，一直是海盗呢。而且有一点我可从没有说谎，白夜光现在的确和天星大人在一起，但不是在这里。"

林亦天被他气得怒目横眉，狠狠踢那纹丝不动的大铁笼子，反倒把自己的脚踢痛了。

天星耀看了那小人得志的矮人一眼，神情依然从容不迫。

"小天，你要记住这家伙给你上了一课，看起来弱势的人未必善良，所以看人需要多用心，不能光被表面迷惑，最有杀伤力的攻击都是兵不血刃的。"天星耀凝视着林亦天的眼睛，"还有一点，重要的东西一定要亲自守护，不能交给别人。"

林亦天自知有愧，只能傻傻点头，然后瞪向大铁笼子外面的矮人，气愤地吼道："那家伙拿走了我的背包，我真想亲手杀了他！"

矮人笑着拍了拍那背包，说道："你们都说得很好，但也只能想想就好。这个铁笼有千斤重，而且被施过魔法，就算我不动手，你们也会饿死在里面。"

"这你可说不准了。"天星耀看了矮人一眼，屈起修长的手指放在唇边，吹响了一阵响亮悦耳的口哨。

随着这一阵口哨，树林的树叶哗哗作响，一只接一只的小鸟，甚至一群接一群的小鸟朝那个大铁笼飞过来。

林亦天看着这奇观，兴奋得想跳起来，差点儿都忘记天星耀最擅长操控鸟类动物，这可是他的绝技。

大群的鸟儿在天星耀的操控下，集体配合，用嘴衔着一条条藤蔓结成一条粗大的藤蔓穿过大铁笼子的顶端，接着再衔着那条藤蔓飞向上空的大树干，把藤蔓一点点往上缠绕，借着大树干的力，纹丝不动的大铁笼终于开始动摇。

矮人见势不对，连忙带着林亦天的背包想要逃走。

一道白影闪过，拦在了他的面前，银色长发随风飞扬，那充满魔性的一红一蓝双瞳冷冷盯着他。

矮人吓得满头是汗，"扑通"一声跪在地上，求饶："狐仙大人，请饶了我，我也是奉天星大人之命行事……其实天星大人她、她就是想知道您会不会不顾一切去见她……"

你就是想知道，我会不会不顾一切去见你？

白世微微一怔，又低头看了那矮人一眼，说道："你倒是聪明，能屈能伸又会博取同情。你去帮忙把他们两个放出来，我就饶了你。"

四、重逢

两个少年和一个狐仙骑着青龙很快离开了荒芜的花羽岛，穿过海洋，飞往临风镇。

林亦天问白世："你怎么知道天星就在临风镇？那个矮人说的话不可信吧？"

流云和风声呼啸而过，白世静静看着远方："我知道她就在那里，因为五百年前的忘川楼就在那里。"

临风镇，也是林亦天第一次见到白夜光的地方，他没有想到，五百年前的忘川楼也在那里，不过他去旅行的那次没有看到，应该是因为忘川楼早已经消失了。

想想也真是奇妙，天星是从他的身体里分裂出去的，而白夜光曾经是白世灵魂的一部分，好像冥冥之中，他们注定就是要羁绊彼此。

抵达临风镇的时候，林亦天发现这古镇的风光虽然一点儿没变，但却诡异得没有一个人影，所有的人都被施了法，陷入了沉睡，整个小镇只剩妖怪。

他不得不承认，白世说的是对的，天星果然在这里，与此同时他也感觉到白夜光的气息。

白世自顾自地往前走，仿佛有一股力量牵引着他，或者是他一直在寻找着那股力量。

林亦天和天星耀紧跟着他，穿过斑驳的石道，走到一幢古色古香的大楼前。

林亦天吃惊地瞪大眼，这里明显是他曾在幻境中见到的忘川楼，也是五百年前消失的忘川楼。

天星竟然用她的法术重建了忘川楼。

林亦天和天星耀看到白世的脸平静而苍白，但却如同赴死一般的决绝，不知道他的心里到底会有怎样的波澜起伏。

他们三个走进忘川楼的大门，里面的构建也和之前林亦天在幻境里看到的忘川楼一样。这幢楼一共有七层，底层的中心大堂由下到上直通天花板，四周柱栏围绕，每一层楼上都建有各种客房和雅间。

用琉璃制成的顶楼天花板恍若透光，上面垂下无数串珠帘，每一串珠帘上都有闪耀的宝石。

风吹过时，珠帘便好像发光的星星海一般。

底层宽敞的大堂，客座上摆着美酒和美食，所有座位都围绕着中心的大舞台。五百年前，那些出色的乐师、歌姬和舞姬就在这里表演。

不同的是，现在在舞台上表演的都是妖怪，坐在下面的座位上观看的也都是妖怪。

那个红发红衣的女子就坐在台下，蓝发蓝袍的少年坐在她旁边，他们一团红色，一团蓝色，看起来异常醒目妖冶，也美得惊心动魄。

林亦天一看到白夜光，刚想要上前就被天星耀拉住，他用眼神示意林亦天先不要行动，先看白世怎么办。林亦天只好暂时忍住冲动，两个人一起看白世的动静。

舞台上悦耳的音乐流转，容貌美丽的妖怪身姿优美地舞动。白世恍若目空一切，看着那个背对他的红衣女子，一步一步向她走过去。

仿佛是感觉到他的气息，红衣女子一挥手，让台上的表演停止，却没有回头。

白夜光回过头，看到白世走近，还有不远处的林亦天和天星耀，他神情复杂地握紧手指，终究还是坐在那里没有动。

"天星，我来了。"白世走到天星的背后站住脚，声音冷清，注视

她的眼神却风起云涌。

"哦，你来干什么？"天星还是没有回头，语气轻巧得仿佛无关紧要，却用手抚了抚额角。

白世一红一蓝的双眸注视着她的背影，唇齿清晰："我来，杀你。"

红衣女子的背影一僵，过了一会儿，她回过头，却是巧笑嫣然的表情，微微眯起的眼睛望着他："你要杀我吗？尊贵的狐仙大人，你的确有责任诛杀魔道，我杀了那么多狐妖，做了那么多坏事，还当了万妖之王，你要杀我也是意料之中的事，真不错。"

白世面无表情地看着她，双眼暗沉，两侧的手指紧握："你明白就好。"

不远处的林亦天震惊地看着他们，经过五百年后历经千辛万苦的重逢为什么会是这样？连一句"好久不见"都没有，就这样宣告敌视对方，这到底是为什么？他们不是明明相爱吗，为什么都要压抑真实的感情？

记得第一次和白夜光在幻境中来到忘川楼的时候，千面歌姬绝望地在这个舞台上唱歌。

她说，我也想做真实的自己，可是世界容不下我。

那么现在的白世和天星呢，他们为什么隐藏了真实的面目？

一个冷漠无情，一个毫不在乎，他们都一样聪明又骄傲。

"明白？我已经不明白了五百年！"天星冷笑了一声，突然变得愤怒，她伸手指着白夜光，"你说白夜光是你五百年前抛弃的另一个灵魂，你那时是因为忘了我才对我冷酷无情，那么现在呢？你给我的仍然是这些？难道你始终觉得我配不上你？"

白世凝视着她："你果然是很恨我，但是天星，我宁愿你恨我。"

天星不解地看着他，白世突然靠近，伸手搂住她的腰，按住她的脖子，吻上她的唇。

天星震惊地睁大眼睛，迷乱得不知所措。而在她还没来得及反应的时候，她的背后被一支银光闪闪的光箭刺穿，她瞪大了眼，死死地瞪着白世。

白世又吻了一次她的嘴角，双臂紧抱着贴近她，手中的光箭更用力地贯穿她的身体，也将那光箭刺进了自己的身体。

这一举动发生得太过突然，一旁的林亦天和天星耀还有白夜光震惊地反应过来的时候，一切都已经来不及了。

"白世！你疯了吗？你到底在干什么？"林亦天尖叫，同时奇怪地发现，被光箭刺穿的他们都没有流血。

白世没有理他，伸手抚摸天星的脸，苍白俊逸的脸温柔地微笑着："如果你恨我的话，就不会感觉痛心了。而我不会再离开你，我会永远陪你走……天星，我爱你，我们再也不用寻找和等待了，现在就是永恒。"

天星瞪大的眼看着他，眼中闪过无数种情绪，震惊、委屈、感动、释然，最后变成泪光，在她弯唇微笑的时候，终于落下泪来。

她闭上了眼，安静温顺地靠在他的怀里。

林亦天难以置信地看着他们，原来这五百年后的重逢，却是为了一场死别。

白世抱着天星，深吸一口气看向那个蓝发蓝袍的狐妖少年："白夜光，你过来。"

"……"白夜光紧握双拳没有动。

"这支光箭是仙界的神器，被刺中的对象都会魂飞魄散……我们很快就会死了。"

白夜光最恨的就是这个自以为是操控他人生的狐仙，可是这一刻，他无法不顺从地走到他身边。

谁知他刚过去，白世就用仙术形成的光绳一把缠住了他的身体，同时爆发出一团强光。那光芒越来越强，仿佛是白世在用尽他最后的力气在施行一场法术。

"不要杀白夜光！"林亦天大叫着扑过去，他的速度太快，天星耀都没来得及拦住他。

那团强光充满了整个忘川楼，让天星耀睁不开眼睛，当那光芒终于散去的时候，他震惊地看着眼前的景象。

整个忘川楼消失了。

天星耀站的地方变成一片空旷的绿色草地，不远处躺着四具身体，似乎都发生了不一样的变化。天星耀走过去仔细检查了一下，不由得双手发抖。

天星之前杀了白琦琦的灵魂用白琦琦的狐妖身体重生为魔，在中了白世的光箭后她魂飞魄散，这具狐妖尸体现在逐渐消亡。

但白世原本的狐仙身体，银发白袍依旧，九条狐尾只剩下一条，只是那身体里的灵魂明显不再是白世，而是白夜光了。

而林亦天的人类身体却成了一具空空的躯壳，起先天星耀以为他死了，随后却发现他的灵魂在白夜光的身体里，蓝发蓝袍，狐妖的身体。他的身边，闪耀着莹莹绿光，是进出他身体的绿光宝石。

白夜光的变化，应该是白世用他最后的力量送给白夜光的礼物——移魂术，在他的灵魂魂飞魄散之前的那一刻，他把白夜光重新召回体内，让白夜光的灵魂占据他狐仙的身体。

也就是说，白夜光现在继承了白世的狐仙身体，白世想用这种方式偿还对他的亏欠。

可是却没想到，林亦天在移魂术进行的最关键的那一刻冲过去，于是他和白夜光一起被施行了这个法术，他的灵魂，进入了白夜光狐妖的身体。

所以结果是，原本是狐妖的白夜光变成狐仙，而原本是人类的林亦天变成狐妖。

天星耀明白过来这颠覆性的改变，一时都不能接受，他几乎不能想象他们醒过来之后，该怎么接受这样的事实，他觉得自己应该做点儿什么。

✎ 五、新生

林亦天醒来的时候，发现自己躺在旅店的房间里，天星耀正坐在床边。他正起身寻找白夜光的去向时，天星耀开口道："白夜光在隔壁房间，我给他施了睡眠术，他暂时不会醒过来。"

"可是……你为什么要这样？"

天星耀看着他欲言又止，沉默了片刻后，说道："你起来到镜子前看一下。"

林亦天不解，依言下床走到镜子前，看见自己样子的瞬间，他震惊地睁大了眼，头上的一对狐耳，一头蓝色长发，一身蓝袍……

这是怎么回事？为什么他看起来会是白夜光的打扮？难道是小彩又给他易容了？

但是这身体似乎感觉怪怪的……这身体明显是狐妖的身体！

林亦天回头看向天星耀，收到他确认无奈的眼神。

天星耀把事情始末清楚地说了一遍："在天星和白世死之前，你和白夜光都被白世施了移魂术，白夜光变成狐仙，你变成狐妖。"

自己竟然变成狐妖……

林亦天花了好长时间才消化了这个事实，他浑身发软地傻坐了好久，直到天星耀坐在他身边，抓着他的肩膀把他摇醒，然后递给他一个天星魔瓶。

"亦天，你的人类身体我帮你保存在这魔瓶里了，以后我们再想办法把你变回来，我们现在先商量白夜光怎么办。"

林亦天接过那个微微发光的透明小瓶子，看到自己的身体看似被缩小得只剩巴掌大小，双眼紧闭地浮在这瓶子里面，真觉得像做梦一样。

他深吸了几口气，慢慢镇定下来，开始思考白夜光的事。

他能明白白世这样做的用意，把狐仙的身体给白夜光，对他的确是最好的弥补。

但是，面对这样的新身份，白夜光以后要怎么重新生活呢？以他的性格，他应该是不屑这样的偿还的，这样又被白世摆布了一回命运，让他永远都不能自主地掌控自己的命运。

除非，他能忘记他之前的一切，忘记他是被白世抛弃、被狐妖家族厌恶的白夜光，忘记他是妖界赏金猎人白夜光，忘记他是因《天星妖怪录》而和林亦天相遇的白夜光，忘记他们曾经在一起并肩作战的种种，忘记他是被白世创造并操控人生的白夜光……

他只需记得他是狐仙，拥有高贵的身份和地位，可以自由地来去，不用为任何过去负担。

这样，他就可以安心当他的狐仙了。

林亦天看向天星耀，问道："绿光宝石还在吧？"

天星耀伸出手，掌中的绿光宝石闪闪发光："你吞下去吧，绿光宝石的灵力对你有帮助，有助于你修炼法术，移魂术需要很高的法力才能驱动，如果我们的修为能达到那个程度，就可以把你的身体再换回原样。"

林亦天双眼失神，说道："在那之前，我是不是……先要用绿光宝石的力量抹去白夜光以前的记忆？"

天星耀略微惊愕了一瞬，轻轻点头："抹去他以前的记忆，对他也好，否则就算他得到了狐仙的身份，他也不会活得轻松。"

林亦天怔怔地看着他，眼中微光闪动："你也觉得非如此不可吗？"

天星耀看着他的眼睛，说道："白夜光已经不是原来的他了，过去的记忆对他来说只会是负担。你必须在他醒来之前，做一个决定。"

林亦天垂下眼睛，回道："我知道……可是……"

可是，还是舍不得让他忘了我。

我们曾经住在一个屋檐下，一起吃饭，一起斗嘴，一起上学，一起面对人生的生离死别……

我们曾经一起收服妖怪，一起战斗，一起历经危险，就算后来嘴上说要做敌人，却从来没有放下对方……

但，那都是曾经了。

白夜光，现在变成狐妖的我，又怎么面对变成狐仙的你，不如让你忘记我，只有我一个人记得以前的你就好。

将这个决定一点点坚定，清晰地感觉到心的疼痛，仿佛硬生生把心里重要的东西剥离出去，只留再也不可弥补的缺失。

"好，我抹去他的记忆。"颤抖地说出这句话，林亦天似乎心意已决。

绿光宝石的力量，林亦天早已运用自如，对抹去和读取记忆都不是问题。

来到白夜光昏睡的床前，林亦天看着他安静的睡脸，心里堵得难受。

白夜光现在的身体是白世的，而自己现在的身体是白夜光的，他们之前签订的魔法契约也已经不复存在了，以后他们再也不会有联系。

　　林亦天突然想，在抹去白夜光的记忆之前，先读取他的记忆，至少可以知道他心里是怎么看他的。

　　林亦天知道这是他第一次，也是最后一次去听白夜光心里的话。

　　在临风镇的那个树林里，林亦天打开了《天星妖怪录》，我第一次知道了他的名字，逼他签订了血的契约，但那时候我还并不知道他对于我的重要意义。

　　后来回想起来，那段和他住在一起、追踪妖怪的日子，是我最单纯幸福的时光。

　　他是个普通的男孩儿，单纯、好奇，却又不那么聪明。他也是个特别的男孩儿，善良、真实，有自己的坚持，对自己觉得对的事情，都充满勇气。

　　我从来没有告诉他，我很喜欢吃他做的饭，可是他好像看出来了，笑得那么得意真是讨厌。

　　和他一起吃饭的时候，我有一种很特别的感觉，好像他说的那种"家人"。

　　我以前从来没有过家人，不知道那是什么感觉，直到看到他为去世的外婆哭得那么伤心的时候，才知道家人是最温暖宝贵的存在，全世界独一无二。

　　我觉得，林亦天就好像是这样重要的存在。

　　可是，这一切都被"他是天星的转世"这件事打碎了。

　　我从小就被告知我的父母是被天星家族的阴阳师杀死的，可是林亦天却是天星的转世，我无论如何都不能接受。

　　那次决裂之后，我们每次相见都好像敌人一样针锋相对，我知道我恶劣强势的态度，一定让他很难过，其实我也很难过，但我不能让他知道。因为我不能相信任何人，我害怕欺骗，害怕示弱。

尽管这样拼命用锋利外壳保护着自己，我还是受到了巨大的欺骗，原来收养我的师父就是狐仙白世，我的身世是一个彻头彻尾的骗局。

但这比不上天星雨告诉我林亦天和天星耀一起掉进海里死了时更震撼，直到那时候我才知道自己真正的恐惧，我害怕失去林亦天，害怕他会死，像他的外婆一样消失在这个世界上，那么我就再也没有家人了。

直到那时我才明白，自始至终，他还是我心里那个重要的存在。我不能失去他。

终于和天星耀一起在林亦天家见到他的时候，我才放下心来，他还好好地存在真是太好了。

而我不得不追查清楚，我到底为什么存在，我身世的真相到底是什么，但是白世不肯告诉我。就因为这些事，我差点儿又把他一个人陷入危险之中。

说真的，若不是林亦天坚持，我一点儿都不想跟天星耀那小子结为战友，他是天星家族的少主，似乎只要和天星沾上边的都是我的克星，而且天星耀还是那么厉害的一个阴阳师。

可如果不是他的计谋，我也不会成功从白世那里知道自己身世的真相。

原来我是五百年前被白世抛弃的另一个灵魂，是阻碍他成仙的弱点，经过几百年的仙法保存自成一体，在白世的培育下变成有独立意识的狐妖。后来从小到大经历的所有事情，包括被狐妖家族厌恶，成为妖界赏金猎人，偷取《天星妖怪录》，遇到林亦天和他在一起抓妖怪……都在白世掌控的范围。

原来，我的一切是假造的，我的复仇更是可笑，我其实是一个原本

不存在的生命，我只是被白世抛弃的一部分，我的存在根本就是一个笑话。

这简直太可笑了，我不明白这虚假的生命到底为什么存在，我竟然只是白世掌控的玩物……

我情绪失控地逃走了，不知过了多久，意外地遇到了天星，她把我带到了她用法术重建的忘川楼。

我知道天星在等白世，我也知道当她见到白世的时候，我应该也会见到林亦天。

想到这件事，我觉得很安慰，原来我还是有所期待，或许这个期待就是我存在的意义，他是我整个虚假生命里最光明的力量。

可我并不知道，这样糟糕的我该用什么样的面目去面对那样美好的他。

当白世用光箭刺穿天星和自己的身体时，我突然明白了，原来不管是卑微还是高尚的生命，都逃不过虚假、缺失和毁灭，曾经和身边人一起经历的温暖、成长和爱，才是生命存在最重要的意义。

林亦天，谢谢你，很高兴遇到你。

Chapter 09
等你再醒过来，一切都是新的开始

"你要成长起来，当一个有担当的男子汉，重新开始努力修炼，好好生活下去。"

——天星耀

一、告别

在读取白夜光的这段记忆时，林亦天花了很大的力气才没让自己的手发抖。

他喜欢拍照，因为照片可以为他将瞬间美丽凝固成永恒，可是这一次他却再也无法凝固这瞬间的美丽。

当绿光宝石的力量抹去白夜光的记忆之后，留给他的只有他一个人的记忆。

白夜光，忘记过去的一切，你会开始全新的生命，这是我能给你的最好的祝福。

这么想着，林亦天闭上了眼睛。

白夜光醒过来的时候，感觉自己好像在一片白茫茫的云雾中飘浮，突然看见了光。

在那光芒中，有一个陌生的少年，头顶一对狐耳，明显是一个狐妖。

不知道为什么，明明是陌生的样子，却莫名觉得熟悉，或许是因为他凝视自己的眼神，仿佛包含了太多情绪。

"你……你是谁？"

狐妖少年在听到这句话时明显一愣，但很快又微笑，只是眼神很忧伤。

"我是一个你不认识的人，你受了伤现在刚刚醒过来，有很多事情不记得了。"

白夜光皱眉想了想，的确如此，脑海里一片空白，他连自己是谁都忘记了。

"是你救了我吗？"

狐妖少年低下了头，指了指不远处一个穿白袍戴乌帽的少年，说道："是他救了你，他是天星家族的阴阳师，我……只是一个狐妖。"

白夜光看向那个阴阳师少年，对方却没有看他，好似漠然地坐在那边，他只好问眼前的狐妖少年："那你知道我是谁吗？"

狐妖少年抬头注视他的眼睛，回道："你的名字叫白世，你是一位修行千年得道的狐仙。"

"狐仙……"白夜光有些疑惑地喃喃，低头仔细看自己，一头银发，一身白袍，稍微一施力，背后就现出九条毛茸茸的白色狐尾，这是狐仙真身的象征。

"我是狐仙？"

"对，你是狐仙。"狐妖少年的语气很坚定。

白夜光扭头看了看四周，所在之处是一大片绿色的草地，他们正坐在一棵大树下。

"这里是什么地方？我为什么会在这里？"

"这里是临风镇……我也不知道你为什么会在这里。"

"那……我该去哪儿呢？"白夜光很是困惑。

"去你该去的地方。"

"可是我不知道该去的地方是哪里……"

"就是你想去的地方。"

"我也不知道我想去的地方是哪里……"

"总之，离开这里，去当好你的狐仙。"狐妖少年站起身，鼓起勇气决绝地看着他说，"我们就在这里道别吧，以后……我们应该不会再见了。"

"哦……"白夜光还是很困惑，眼神如同无辜的孩子，听话地站起身，"谢谢你们救了我，我还是希望我们会再见吧。"

他还想说点儿什么，狐妖少年却已经转过身背对他，一边的阴阳师少年和他一起走了。

白夜光，哦不，应该是白世只好也转身，漫无目地朝着前方走了。

狐仙白世一步步离开的时候，并没有发现背后那个狐妖少年的颤抖，他眼眶发红，却极力忍住不让自己流泪。

再见了，白夜光。

你说奇怪吗？我希望现在成为狐仙的你和成为狐妖的我以后不要再见了，却奢望着当初的我和当初的你还能再见。

所以，还是不再见了吧。

回过头，那个白色影子已经消失在视野，林亦天终于流下了眼泪。天星耀安抚地拍了拍他的肩膀，说道："一切都过去了，以后是新的开始，你该长大了。"

林亦天哽咽道："可是我觉得好难过……为什么要有这么多的失去……天星雨、青雪、炎冰，还有天星和白世……现在是白夜光……为什么都要告别……"

天星耀看着他，眼神柔软，声音却冷静："人生就是由相遇和告别组成的，我们所经历的都是必然的过程。"

"可是、可是就算事实是这样……我还是觉得好难过……"

"不要难过了，也许离开的每一个人都得到了自己的圆满。小雨成功让我们记住了他，青雪和炎冰证明了生死相随的爱，天星和白世把瞬间变成永恒，而白夜光达到了他的理想，改变了自己的命运得到了新生。"

是的，白夜光当初和他相遇，就是因为想借《天星妖怪录》改变自己的命运。现在，他的命运的确改变了，他从被人厌恶的赏金猎人狐妖变成高高在上的狐仙。

这样看来，白夜光的确是得到了自己的圆满。

"那我呢……我该怎么办？"

天星耀注视着他悲伤脆弱的眼睛，说道："你要成长起来，当一个有担当的男子汉，重新开始努力修炼，好好生活下去。"

"用这个狐妖的身体吗？我恐怕不行……"

"不是还有我吗，不是说好是风雨同行的战友吗？等到我们的法力足够驱动移魂术，就可以把你的身体变回来了。"

"……谢谢你。你一定是第一个和狐妖当战友的阴阳师。"看着阴阳师少年认真的脸，林亦天露出了一丝笑颜。

这个奇异的夏天悲伤又充满温暖，在日出日落之间，夏天很快就过去了。

天星耀和小彩一起研究易容，用法术炼出了一种特制的魔法药水，只要林亦天每天喝一小瓶，就不会现出狐妖的真身，能让他保持他原来的人类外表。

回到西景市之后，林亦天就这样回到家里，见到父母和周围的熟人，继续自己平凡的人类生活。

然后很快就到九月开学，他升入高二，在学校见到老师和同学，大家都还是和原来一样生活着，好像什么都没有改变。

只有一直陪伴他的天星耀可以证明，那些过去的确发生过，而他也的确是一只狐妖。

还记得自己当初信誓旦旦地宣告要成为一个强大的阴阳师，现在想来真是荒诞讽刺，自己非但没有成为一个强大的阴阳师，反而成为一个狐妖。

白夜光达到了他的理想，而林亦天却埋葬了他的理想。

这是多么不公平。

也许，这世界就是有很多不公平，就是有很多永远达不到的理想。

这好像在生活中是太过正常的事情，但是想想还是有些绝望。

二、修炼

高二 F 班，传闻中那最美的班花天星雨因病退学了，每天就只有白鸽王子天星耀一个人来上学，此人依旧冷淡倨傲，还是那么难以接近的样子。更过分的是，由于上学期期末考全年级第一，这位优雅俊美的贵公子已经是闻名全校的学霸美少年。

很多男生为此扼腕叹息，恨不能退学的是天星耀而不是天星雨，只有于诗影心情很好。

于诗影得意的是，她终于又可以坐稳她的班花宝座。

世事总是如此，有人欢喜有人愁。

一个人地来去，都显得那么渺小。

但林亦天没有时间多做感慨，他现在所有空闲时间都在天星耀的督促下练法术。

每天一有空闲，天星耀就带着《天星妖怪录》和妖怪们一起训练林亦天的修为。天星耀不光教林亦天法术理论知识，每天还用他的白鸽群，锻炼林亦天的听力还有反侦察的反应能力，然后隔几天还要训练林亦天的战斗力，实战性地教他防御法术和攻击法术。

林亦天这才发现，天星耀的实力其实超出了他的认识和想象，让他多次有拜师的冲动。

天星耀说，如果林亦天能打败小彩、君澈或千面歌姬这种特长型妖怪，那就是三流阴阳师的修为；如果他能打败牛头女这种实战型妖怪，那就是二流阴阳师的修为；等到哪天，他可以打败混血妖兽或者小龙王玉轩这种高手型妖怪，他的法力就算是上升到一流阴阳师的境界了。

到那个时候，他们两个联手，就可以驱动移魂术，把他原来的人类身体换回来。

因为拥有绿光宝石的能量，林亦天本身又具有灵力，而且还是狐妖的身体，他比寻常人进步得更快，没过两个月，他就达到了能打败小彩和君澈的实力。

两个少年的修炼，一直尽量避开闲杂人等，挑选偏僻的场地进行，但是长时间下来，班上的同学还是发现他们两个人关系匪浅，尤其是对于天星耀这种很少和别人打交道的人来说，林亦天和他一起进出教室真是太稀罕了。

任枫为此很疑惑，下课的时候他问林亦天："你跟天星耀到底什么关系啊？"

林亦天佯装正在看书，回道："没什么关系啊……就是普通同学。"

任枫挑起眉毛看着他，一副不相信的样子，继续问道："阿天，你和他之间，是不是有什么不可告人的秘密啊？"

林亦天低着头翻手里的书，说道："你想多了，哪有什么秘密……"

任枫斜眼看着他，质问道："上次小爷我参加歌唱比赛，怎么叫你去你都不去，说什么没有时间去，怎么他一找你你就有时间了？"

"……"

"看你这样，分明是把他当朋友，不把我当朋友了！什么白鸽王子，帅气多金又是学霸，哪里还有人记得跟我讲义气！没良心啊没良心！"

林亦天本来每天练功压力就很大，心烦地把书拍在桌上，怒吼："你说够了吗？说够了就闭嘴！真无聊！"

任枫一愣，没料到他突然发飙，反应过来后也很生气，于是两个同桌就此冷战了，谁也不再理谁。

其实事后，林亦天也觉得自己有些过分，毕竟任枫和他一直都是好朋友，但是他现在做的事情，又没办法跟任枫解释，他总不能说，他现在是一个狐妖的身体，要修炼到足够强的法力才能变回去。

"喂，你们两个，这周五是我的生日，周五晚上我请客去 KTV 唱歌，晓曼都答应去了，你们来不来？"

这天下课，于诗影来到他们的座位旁边。

林亦天本来想说他没时间去，可是看到任枫看了他一眼，他就故意示好地问："你去不去？你去我就去。"

任枫装作毫不在意地说道："去就去呗。"

于诗影笑着打趣："哎哟喂，你们终于和好啦，看你们两个最近都一副臭脸，真是影响心情。"

林亦天心里一暖，虽说于诗影这姑娘贪慕虚荣爱漂亮，但也是没什么坏心的直性子，和任枫尤其是一对欢喜冤家，过去的小恩怨都如过眼云烟，甚至被传为笑谈。最近自己忙着修炼，除了天星耀，他的确和班上同学互动得太少了，这次就让自己难得放松一下吧。

于是到星期五那天，林亦天就照实跟天星耀说了，暂停一晚不修炼，还问他去不去 KTV 唱歌，得到的答案是否定，这也在林亦天的意料之中。虽说天星耀一向从容淡定没有什么场面罩不住，但他自身性格就不太喜欢热闹的人群，宁愿与动物为伍。

晚上的 KTV 大包厢里，灯光迷离，音乐震响，大屏幕放映着明星的

MV 画面，少年少女们轮番在点歌台点歌握着话筒大吼，唱得累了就靠到沙发上吃零食、喝酒、玩游戏。

在这样的气氛中，林亦天的身心放松了许多，靠在沙发上喝了几口啤酒，随手掏出裤兜里的手机看了一眼，发现居然有来自天星耀的短信：差点儿忘记提醒你，记得不要喝酒，否则维持你原貌的特制药水可能会失效。

短信是在两个小时之前就收到的，重点是：不要喝酒！

林亦天如同被雷击中，面前茶几上的啤酒和红酒瞬间变成他眼中的毒药，更关键的是，在进 KTV 到现在，他好像已经喝了三杯啤酒！

周围热闹的音乐声和嬉戏声，在他耳中瞬间变成杂音，也不知道是不是心理作用，林亦天感觉到自己开始浑身发热。他心里大感不妙，如果他今天在这里显出原形，让同学们看到他变成狐妖的样子，那他真是生不如死！

给天星耀回了个短信，林亦天觉得不能再耽搁，他赶紧拿过自己的外套穿好，准备跟于诗影打声招呼就溜回家。结果于诗影一听说他有事要先走，立刻不高兴了："林亦天，我的生日蛋糕还没切你就要走，你跟我有仇你就直说！"

"对啊，你小子最近都不知道在忙些什么，难得出来玩一次还这样扫兴！"这回任枫也站在于诗影这边了。

于诗影一见任枫帮她说话，眼中有几分得意，对林亦天的态度也就更强硬了。

林亦天只好说不走了，他就去上个厕所。任枫笑着一把勾住他的肩膀，说道："这样才够意思嘛，我跟你一起去厕所！"

"……"

进了厕所的隔间之后，林亦天赶紧把门关紧，此时他已经感觉自己的身体有点儿异样，往身后一看，果然长出了一条毛茸茸的尾巴，摸了摸头，尖尖的兽耳也随即冒出来了……

林亦天只敢在心里哭号一声，嘴里不敢发出任何声音，生怕男厕所里的其他人听到。

"阿天，你好了吗？"

"……还没，你先出去吧。"

听到任枫出去的脚步声，林亦天靠着厕所隔间的门松了一口气。

这紧张情形，让他想起第一次和白夜光抓千面歌姬的时候，只是现在风水轮流转，自己变成妖怪，任枫和于诗影他们都是正常人……

确定了厕所里没有其他人，林亦天召唤出了小彩，让她用法术暂时把自己的狐妖原形压住，维持原来的样子。

小彩作为一个女性妖怪，表示在男厕所出现压力很大，但终归是把他装扮成正常人类的样子。

这时林亦天的手机响了，是天星耀："我到 KTV 来了，你在哪儿？"

◈ 三、再重逢

下周上学之后，高二 F 班都在流传一个小八卦：原来班花于诗影唱功真的不好，就连班长左晓曼都唱得比她出色，原来全能的白鸽王子也有弱项，居然不会唱歌！

难道长得美的人都是如此？！

大家如此质疑的时候，任枫就不高兴了："难道你们的意思是，只有长得丑的人才唱得好吗？难道你们的意思是在说我丑吗？！"

林亦天闻言，不由得扶额苦笑，也是苦了天星耀了，他为了自己居然跑到 KTV 救场，结果被同学们强拉住一起吃生日蛋糕就算了，还被强拉着唱歌……

不过说真的，那天晚上看到天星耀露出那种难得一见的窘迫，林亦天心里还是有点儿邪恶地很高兴。作为天星家族的少主，阴阳师中的绝顶高手，天星耀除了修炼法术，就是跟动物交流，很少会跟一大群同龄人一起玩，如果多像这样跟大家一起活动，也许他就不会看起来那么难以接近了。

林亦天和天星耀在这么长时间的相伴中，才慢慢了解到他其实是一个外冷内热的人，他有一颗干净高贵的心，越是和他接触的时间长，就越是明白他的温柔。

林亦天一边有惊无险地上学，一边刻苦坚持着修炼，校园生活就这么匆匆而过，秋去冬来，温度越来越低，行人们都穿起了厚厚的羽绒服、戴上了帽子和围巾。

飘着雪的星期六下午，林亦天到附近的超市买东西，没想到在回来的路上，看到了一群熟悉的粗壮身影，为首的是狼人族首领铁火野。

而离他们不远处的树上，坐着一个更熟悉的身影，银发白衣的他，在飘飞的雪花中，好像要和那雪融为一体。

林亦天紧捏着超市塑料袋，大冬天的居然出了一手心汗。

白世！

不不不，是白夜光，那是白夜光，他居然来见他了！没想到他们竟然还会重逢！

林亦天激动得差点儿都忘记，白夜光是和狼人们一起出现的，所以当铁火野猛然跳到他面前，凶神恶煞地大声喊"还我狼人族绿光宝石"的时候，他真的吓了一大跳。

铁火野不耐烦地看了眼他吓呆的样子，指了指那边的白影，说道："狐仙大人是来帮我们主持公道的，当初你和狐妖白夜光抢走我们的家族圣物绿光宝石，请你现在务必归还！"

林亦天半天才反应过来他说的是什么意思，结巴道："可是……我现在还需要用绿光宝石，暂时不能还给你们……"

"卑鄙无耻、肮脏龌龊的强盗！"铁火野狠狠瞪了他一眼，"就知道你会耍无赖，所以我们才请狐仙大人帮忙！"

在他们说话间，白夜光从树上飞落下来，如同最轻盈的雪花一样降落在林亦天面前。

林亦天只能呆呆地看着他，五个月不见，成为狐仙后的白夜光气质大变，少了以往强势的嚣张不羁，多了几分超然的孤傲不凡。

雪地上，白夜光伸手拉起林亦天的手，冰冷的指尖让林亦天清醒过来。他清楚地看到白夜光一红一蓝的双眸没有感情地看着他，连声音也是冷冷清清的："绿光宝石是灵性宝物，如果它愿意，它会一直跟着主人的灵魂，看来绿光宝石真的很喜欢你。但是就算如此，不属于你的东西，还是应该物归原主。"

"不，不行，你不能拿走绿光宝石……"

林亦天想甩开他的手，但是却完全挣扎不开，他冰冷的指尖有一股魔力侵入林亦天的手腕，直至各条血管，通入心脏，带来一阵战栗的刺痛，仿佛有什么在硬生生剥离。

林亦天疼得张开嘴巴，绿光宝石便从他的嘴里飞了出来。

白夜光放开他的手腕，用另外一只手接过闪闪发光的绿光宝石，然后递给一旁早就看得眼睛发直的铁火野："拿去吧，这件事就这么了结了，你以后也不许再纠缠他。"

"是是是，多谢狐仙大人！"铁火野千恩万谢地捧着宝贝，带着狼族手下们很快离开了。

林亦天脚软地跪坐在雪地上，他感觉浑身的力量都在流失。

因为绿光宝石突然被取走，他体内之前运用绿光宝石提升的法力也似乎都在流失……

那是这五个月来，他和天星耀抓紧时间一起修炼，和妖怪们决斗练习法术，辛辛苦苦获得的修为。就在前几天，他和小龙王玉轩决斗，还和玉轩打了个平手，天星耀说，再过半个月他的法力应该就足够了，到时候他们就可以驱动移魂术，把他原来的身体换回来。

"你看起来好像有点儿眼熟，你是谁？"白夜光在旁边看了林亦天一会儿，伸手扶他起来。

林亦天推开他的手，没有答话，心里觉得苦涩又讽刺，这世间的因果轮回还真是奇妙。

或许，冥冥之中注定了，当初是白夜光拿走绿光宝石，现在也必须由他还回去。

白夜光继续问："狼人族说林亦天是一个人类，他和一个叫白夜光的狐妖拿走了绿光宝石。但现在为什么白夜光消失了，而你变成狐妖？"

真是讽刺可笑，明明现在站在他面前的这个狐妖身体就是曾经的白夜光，而现在这个狐妖身体里的灵魂却是林亦天。

而这一切，面对已经变成狐仙忘记一切的白夜光，林亦天有苦难言。

"你的问题也太多了吧，就算你是狐仙，也没有权利干涉他人的人生吧？"随着这个熟悉的冷冽声音传来，天星耀从飘扬的雪中向他们走过来。

说话间，天星耀已经走到林亦天身边，他是感觉到妖气和仙气的出现，才匆忙找到这里。但是一看林亦天虚弱的脸色一摸他的手腕，天星耀就知道自己来迟了。

白夜光看着天星耀，问道："你是天星家族的人？你们两个看起来都好眼熟……"

天星耀冷冷地看向白夜光，回道："你真是恩将仇报。"

看着那两个少年，白夜光突然灵光一现，恍然大悟："几个月前，在临风镇是你们救了我？"

"你快走！"林亦天心烦意乱地大吼一声，"我不想再看到你！"

"对不起……我刚刚没有认出你，我的记性不太好……"白夜光的话还未说完，林亦天又发出一声怒吼："滚！你给我快滚！"

白夜光不解他激烈的愤怒，但也不想多说什么，最后看了两个少年一眼，转身离去。

当银发白衣的背影渐渐消失的时候，情绪崩溃的林亦天，又一次脚软地跪倒在雪地上，他喃喃自语："没了……我的法力都没了……所有的努力全都功亏一篑了……"

天星耀看着这样的林亦天，第一次觉得语言是如此苍白无力，对于失去的现实，再说什么都是多余，不能感同身受地体会痛苦，那些激励安慰的话，都像是云淡风轻地冷眼旁观。

况且，这种所有努力全都功亏一篑地失去，是因为自己曾经一起战斗的朋友，并且那朋友已经不记得他，心中有苦都无法诉说……

天星耀在林亦天身边蹲下，把手搭在他肩膀上，静静陪他感受雪地的冰冷绝望。

"我到底做错了什么？上天为什么要这样对我？难道我这辈子只能一直当狐妖了？"

林亦天无法忍受地捂住脸，哽咽的声音中带着嘶哑，吸入的冰冷空气让他心如刀割。

"我以后永远都不能当阴阳师了，甚至都不能当一个正常的人类，这样的我……"

天星耀看着他苍白脆弱的脸，把手放在他的后脑上，掌中微微施法，轻声说道："你太累了，先休息一会儿吧。"

林亦天感觉到后脑涌入一阵暖流，他的大脑逐渐放松下来，在他明白天星耀是在施睡眠术的时候，他的意识也渐渐飘散。

仿佛内心所有的煎熬痛苦，也随之陷入睡眠。

"小天，其实我还有办法可以帮你。你好好睡吧，等你再醒过来的时候，一切都是新的开始。"

模糊之间，林亦天听到天星耀的声音，这是他最后的意识。

四、成全

不知过了多久，林亦天终于恢复了意识，发觉自己正躺在自家的床上。

床边的时钟指向七点半，林亦天揉了揉发痛的太阳穴，隐约感觉自己似乎睡了很久，有很多事情都记不清楚了……

印象中，失去意识之前，他似乎和天星耀在一起。

"天天，你怎么还不起床去上学啊？"妈妈突然推门进来。

"上学？今天星期几？"

"今天星期一啊，你这孩子怎么搞的，什么时候上学都不记得了？！再过一两周又要期末考了，你这样可怎么办啊……"

在妈妈的唠叨中，林亦天从床上爬起来，套上毛衣穿好羽绒服。

到街上他才想起来，今天不光是星期一，而且还是平安夜，街上到处弥漫着圣诞节的气氛，各种漂亮的圣诞节装饰随处可见，白色的雪花、绿色的圣诞树、红色的圣诞帽、麋鹿和圣诞老人……

到了学校也是如此，高二F班的同学们都很兴奋，不少小伙伴都在互相打趣要圣诞礼物。

"阿天同学，我的礼物呢？"

面对任枫伸过来的手，林亦天一脸愕然，任枫看他这表情，不禁挑眉说道："好歹我们同桌了这么久，你居然没给我准备礼物，有没有良心啊？！"

林亦天无奈地回道："枫哥，我根本就不记得今天是平安夜啊……"

"唉，你还老说我傻，我看你自己才是……算了，小爷大人不记小人过，先把礼物给你。"说着，任枫把一个礼物盒放在他桌上。

"喂，圣诞快乐。"

在他们两个的课桌上各放了一个礼物盒后，于诗影转身就回到自己的座位上了。

林亦天和任枫惊讶地对视了一眼，长得漂亮又有钱的于诗影，向来傲娇自恋，他们以前还觉得她庸俗，但是长时间接触后，发觉她也没那么讨厌，很多时候还很孩子气。

"原谅我最近大脑退化记性不好，我等会儿放学就去给你们买礼物。"林亦天一边赔礼傻笑，一边在心里盘算要买几份礼物，要买什么礼物。

突然，他发觉有点儿不对劲，回头一看，最后一排天星耀的那个座位是空的。

这时候上课铃声响了，可天星耀还没来。

直到一上午的课上完了，天星耀还是没来。林亦天发了好几条短信给天星耀都没有回复，电话也打不通，林亦天觉得越来越不对劲。他又问了左晓曼，她居然都不知道天星耀为什么旷课，他并没有跟她请假。

林亦天在图书馆找了个僻静角落，召唤出小彩和君澈。

小彩一身桃红色衣裙，越发萝莉可爱。君澈一看到他，清澈的绿色双眸就放出光彩，惊喜道："主人，你变回来了？！"

"什么？"林亦天一头雾水，却见君澈握住他的手，指尖发出微光，掌中的魔力如同一阵暖流流过他的身体，君澈确定道："主人，你的人类身体真的变回来了，你终于变回你自己了，恭喜你。"

君澈的眼睛，不会被任何事物的表象迷惑，无论什么千变万化的妖怪他都能看出真身，他能看到自己的人类真身，就一定不会有错。

百转千回，自己终于又变回自己了！

林亦天内心不禁一阵狂喜，摸了摸自己的脸，身体的感觉果然不一样了。但这是什么情况？为什么自己会突然变回来？

林亦天百思不得其解，脑中忽然电光一闪。

难道……这跟天星耀的突然失踪有关？！

"小彩，君澈，你们知不知道天星耀去哪儿了？"

蝴蝶妖少女和猫妖少年都摇头，式神只有对自己主人的行踪和经历比较敏感，对于其他人他们其实不会太在意。

小彩猜想道："天星少主会不会回到天星山庄去了？如果能找到他

的式神，就知道天星少主发生什么事了。"

这大冬天，林亦天根本就找不到天星耀的白鸽，也不知道怎么联系他的式神。一连几天天星耀都没有来上课，林亦天去找班主任问情况，班主任也很疑惑，他拿出天星耀和天星雨当初转学过来的档案，试着联系天星耀的家属。

班主任打通了天星耀父亲的电话，接电话的男人在听说天星耀失踪后也很吃惊，表示他们家会派人去找他，让学校不要声张此事。

班主任对那男人的态度十分恭敬，貌似因为对方是政府高官。

林亦天曾经听天星耀提过，他们天星家族的人不光只是当阴阳师，同时很多人也在现世做不同种类的工作，有从商的也有当官的，只是普通人不会知道他们的另一个身份，就像在他们学校，除了林亦天之外，没有人知道天星耀是阴阳师一样。

当初天星耀和天星雨轻易转学来新圣中学，也是他们族人幕后操纵的结果。其实他们档案上的家庭地址和父母的身份都未必是真的，但是上面的联系人一定是可以联系到天星耀的族人。

林亦天偷偷记下了天星耀档案上父亲那一栏的电话，回家后再打过去，却发现已经打不通了。

就这样，天星耀在现世留下的所有线索似乎都没了，整个人毫无踪迹。

期末考试后回到家，林亦天发现一个青衣男子正站在他的房间里，背对着他看着窗外。林亦天诧异地问道："玉轩？你怎么会在这里？天星耀呢？"

玉轩的声音轻轻的，却清晰地带着悲伤："主人他已经不在了。"

林亦天一愣，追问道："不在是什么意思？他去哪儿了？"

玉轩转过身看向他，说道："不在的意思就是说，他从这个世界上消失了，为了你。"

"……"林亦天完全愣住，似乎消化不了他话中的意思，只是本能地浑身发抖，重新变回自己的喜悦从心里退去，取而代之的是恐惧。

"你误打误撞被白世的移魂术变成狐妖，本来主人计划和你一起修炼法术，等你达到了一流阴阳师的法力，你们就可以合力驱动移魂术，把你的人类身体换回来。可是不久前你体内的绿光宝石突然被取走，你的法力被废……因为看你太过绝望，为了帮你把人类身体换回来，主人耗尽了他的所有修为，强行驱动移魂术，但是他自己却因全身元气衰竭而死。所以，为了成全你，主人他……牺牲了自己的生命。他死之前，还交代我把你送回家。"

听着玉轩清晰的声音，林亦天的身体抖得更厉害了，他震惊地瞪大眼，脑海中闪过一些残存的记忆碎片。

他躺在地上，天星耀把天星魔瓶里他的人类身体放出来，和狐妖身体一起平行躺着。

天星耀打坐在这两个身体中间，左右两只手分别握住两边的手腕，他闭上了眼，浑身散发出巨大的能量，发出夺目的光芒，那光芒传递到他手握的两个身体上，产生了剧烈的光流互动。

当狐妖少年身体里的魂魄，终于移入人类少年体内时，天星耀已经满额是汗，棕色头发贴在苍白如纸的脸上，他湿润的睫毛颤抖着，整个人倒了下去……

⑤ 五、记忆

"天星耀……他死了？"声音嘶哑得仿佛是另一个人，林亦天的眼眶发红。

"是的。"玉轩的声音无比清晰确定。

林亦天嘴唇颤抖，伤心地说道："为什么……为什么要这样，我明明不值得他这样啊……"

玉轩看着他的眼神悲悯地说道："主人希望你能继续好好生活下去，去实现你的理想，你的新生命，是他送给你的新年礼物。"

"那我要拿什么还他……浑蛋，我不接受他就这样死了……绝对不接受！"林亦天抹掉眼角的泪水，坚定地看向青衣男子，"玉轩，天星耀的真身在哪里？没见到他的尸体，我绝对不会相信他就这么死了！"

"本来我今天只是打算来见你最后一面，然后把主人的真身带回海里，这是主人最后的交代。"玉轩拿出了一个天星魔瓶，微微发光的透明小瓶子里，隐约可以看见里面有一个熟悉的人影，那是看似被缩小成巴掌大小的天星耀。

林亦天心里五味杂陈，在不久之前的五个月里，他还在这天星魔瓶里看到了自己的身体，没想到现在居然换成了天星耀的身体，而且是因为自己才会这样。

林亦天伸手接过那个魔瓶，轻轻抚摸瓶身，感觉到一股微弱的热量，但瓶子里面的少年，确实双眸紧闭，脸色苍白得毫无生气。

他眼中的泪光退去，透出坚毅的光芒，说道："天星耀为什么要去海里？我觉得他还没死，我想带他回天星山庄，天星族人一定有办法救他！我一定会用尽一切办法让他复生！"

玉轩眼神一震，沉默了几秒，问道："亦天，你真的愿意不顾一切让主人复生吗？"

林亦天看向他，答道："当然，他既然愿意为我牺牲，我为什么不愿意为他做一切？"

玉轩看出他眼中的决心，轻轻点头："好，我会尽全力协助你。"

林亦天叹道："谢谢你，现在能帮我的，也只有《天星妖怪录》的妖怪们了。"

白夜光不记得他了，天星耀不在了，这一次征途，他只能独自主动出击，除了妖怪们相伴，再也没有风雨同行的战友。

第二天一大早，林亦天就带着简单的行李和《天星妖怪录》离开了家。外面天寒地冻，林亦天怕父母不同意他出门，只在出门前给父母留了一个便条，说他又出门摄影采风旅游去了，让他们不要担心。

骑着青龙行云过境，林亦天来到那个远离城市的隐秘山林。

青龙在山谷中的湖边化为青衣男子，林亦天记得天星耀曾经教过他解开结界进入天星山庄的法术，但是他还没来得及使出法术，湖边就有一群人出现了，竟然是天星族长天星决和众位族人。

他们一见到林亦天就横眉怒目，指着他怒吼道："林亦天，你这个扫帚星，竟然还敢到这儿来？！若不是因为你已经变成普通人类，我们天星家族早就杀了你！"

林亦天皱眉不解："我好像从没有做过什么伤天害理的事吧，为什么你们好像跟我有深仇大恨一样？"

"一切的灾难都是因为你！锁妖塔被毁，天星家族丧失了那么多优秀的阴阳师都是因为你！小雨和耀都是被你害的……"

天星决拄着一根权杖，激动地在地上敲了敲，也许是最近发生了太多变故，他的面容苍老了许多，弓着背，原来那种仙风道骨的神采都不见了。

"天星族长，您明明知道那些事都是因为天星所为……"

林亦天话还未说完，天星决就更加愤怒了。

"你闭嘴！你把耀的真身还有《天星妖怪录》还回来就走吧，以后不要踏入天星山庄半步！"

说着他一伸手，苍老的掌中散发出一股魔力，林亦天藏在背包里的天星魔瓶被吸了出来，朝天星族人的方向飞去。

幸好玉轩眼明手快，飞身一把抓住那个装着天星耀真身的天星魔瓶，并使出法力抵抗天星决的法术。

见天星家族对他有敌意，林亦天心中一动，索性把他收服过的妖怪都召唤出来帮忙了。

一时间，千面歌姬、混血妖兽、牛头女、蝴蝶妖小彩、猫妖君澈……都站在了林亦天周围，刚刚面对大群天星族人势单力薄的状况瞬间改变，而且眼前这情势明显向天星族人证明，他们的家族圣物《天星妖怪录》已经认他为主。

天星决的法术受到抵抗，被反击得后退了一步，周围的天星族人立刻上前扶住他。

这时，一个黄色头发、衣着华贵的天星族少年怒吼："你这个扫帚星带了这么多妖怪来这里，你想干什么？！"

林亦天无奈，大声道："你们先冷静一点儿，我来这里就是为了天星耀，我只是想帮他复生！"

天星决拄着权杖冷哼："当初我们就是因为相信了你，才带给天星家族这么多灾难！你要是真的想救耀，就把天星魔瓶留下，你快点儿带着你的妖怪走！"

林亦天简直抓狂："你们不要这么冥顽不灵行不行？你们先告诉我，怎样做才能救天星耀？！"

天星族少年不屑地怒骂："我们才不会相信你这个扫帚星！要不是你少主也不会耗尽修为而死！你还是趁早滚吧！"

"我相信他。"突然响起了一个清脆的女声，不卑不亢，在剑拔弩张的天星族人中显得特别突兀。

天星族少年诧异地回过头，喊道："阿岚……"

从众天星族人中走出了一个少女，她穿着阴阳师的衣袍，脸庞精致美丽，气质干净清纯，黑白分明的眼睛看向林亦天。

"我相信少主不顾一切用生命去换的朋友，一定是个值得相信的人，因为我相信少主的眼光。"

此言一出，天星族人们安静了。

这一瞬间，林亦天想起了天星耀第一次说相信他的时候，很久之后，他才能明白天星耀骨子里的高贵与智慧。

天星耀相信他，只是他愿意相信他；就如同他几次舍身救他，也只是他愿意如此；天星耀做任何决定，都是说一不二的魄力。

林亦天感激地看着那个被叫作阿岚的少女，听到她清脆而郑重的声音说："林亦天，少主的真身元气衰竭，只因为他自身的强大灵力而一息尚存，所以他的真身才得以保留，而他的灵魂却已经出离体外，他现在是处于死亡状态；如果想让少主复生，要先修复他的真身，然后把他的灵魂找回来，施还魂术。我们天星家族药馆有治愈术高强的医师，可以修复少主的真身，但是最难的是寻找少主的魂魄和还魂术……"

林亦天回忆道："我记得白世曾经说过，组成灵魂的精神世界是意识和记忆，是灵魂在世间经历而形成的性格、品质、优点、弱点……"

阴阳师少女点头道："没错，就是这样，问题是意识和记忆这种精神体都是超越时间和空间的，我们不知道去哪里才能找到少主的灵魂。"

　　林亦天想了想，说道："不如这样吧，你负责找人修复天星耀的真身，我去寻找天星耀的灵魂。七天之后，再给双方一个交代。"

　　阴阳师少女微笑着说："林亦天，一言为定。对了，我叫天星岚。"

Chapter 10
我知道你一直都与我同在

春夏秋冬，四季总在轮回。也许你永远不知道下一秒会发生什么，

但无论一时失去，或者一时得到，其实都是一种轮回。

相视一眼，心生暖意。

无论困苦与荣光，我知道你一直都与我同在。

❧一、寻找

在众位天星族人反感却又无法反对的态度中，天星岚把林亦天带入了天星山庄，这是林亦天第四次踏入天星山庄这座庞大古城。

林亦天第一次来的时候，天星家族为他举行了宴会，邀请他加入天星家族，希望他成为杀死白夜光的阴阳师；

第二次来的时候，天星的灵魂从他的身体里脱出，并附身到狐妖白琦琦身上重生，吞噬了锁妖塔里所有的妖怪；

第三次来的时候，他男扮女装成天星，想引来白世，并混淆妖魔界的视听，找出对付天星的办法；

前三次他都是和天星耀一起来的，这第四次来的时候，他是为了复生天星耀，而天星族人们都已经对他十分排斥，尤其是那个对他表示不屑的天星族少年，听说他叫天星牧，是天星耀的崇拜者，知道少主是因为林亦天而死十分悲愤，盯着林亦天看的眼神恨不得将其杀死。

据说，天星牧的父亲天星东不光是天星族长老，而且在现世的身份是政府高官，天星耀学校档案上父亲那一栏填的就是天星东的资料，所以他们父子也最先调查到了天星耀的情况。

天星岚带林亦天去看天星耀从小到大活动的场所时，天星牧和几个天星族人一直远远跟在他们身后，生怕林亦天搞什么破坏似的。

穿过花园的时候，天星岚低声跟林亦天解释道："你不要怪他们，最近天星家族真的发生太多意外了，大家都有些接受不了。天星大人本来是我们的始祖，结果五百年后居然复生成魔，还成为万妖之王，这本来已经足够让魔法界的其他家族耻笑我们了，偏偏族长和长老他们还那么好面子，一定要在外人面前维持天星大人的尊严，所以你可不能在这里再说天星大人的不是，不然我也很难帮你。失去少主，对我们家族来说是更大的打击，少主是我们族里最优秀的阴阳师，也是我们家族下一任族长的继承人，失去了他，我们家族就等于失去了未来的希望，这件事还是因你而起，所以他们对你有敌意也是难免的。"

林亦天叹气："好吧，我能理解这些，希望天星耀能够成功复生，到时候你们家族的人应该也能原谅我了。"

前几次都来得匆忙，这次为了了解天星耀从小长大的环境，林亦天才有机会仔细参观这座宏丽威严的古城。

古城前半部分的建筑群是阴阳师们平时活动的区域，有主楼大厅、厨房、练功场、锁妖塔、药馆、藏书楼、教学楼等地，花园之后，中间部分的建筑群是阴阳师们居住的寝室，最后一部分就是幽静的山林、环抱神庙和祠堂。

天星家族每个身份尊贵的阴阳师，都是各自住在独立的院落里。除了族长和长老之外，天星传人中身份地位最高的就是少主，也就是下一任族长的继承人。天星耀住的那个院落，名叫紫极殿，里面的布局摆设大气而简洁优雅，低调奢华就如同那个人，他本是阴阳师的领袖，天星家族未来的王者，但现在却……

站在紫极殿，林亦天想着这些又叹了一口气，天星岚看了他一眼，微微一笑。

"林亦天，少主是我们所有族人的骄傲，你既然是少主的朋友，应该不会太弱吧？"

"当然，我好歹也是个阴阳师，你们少主之前还当过我的师父呢，我能操纵《天星妖怪录》就一定可以找到他的魂魄。"林亦天虽然底气不足，但也不想让人失望，极力让自己显得很靠谱。

天星岚点头说道："那你加油，我也该去药馆了。"

目送天星岚离开后，林亦天一个人在紫极殿前前后后转了一圈，还

参观了天星耀的卧室，最后独自走在屋外的回廊上，看到院中的树木石台上落着许多白鸽，那些羽毛雪白、眼睛乌黑的鸽子看起来特别有灵气。

林亦天突然灵机一动，之前《天星妖怪录》的魔力带他穿越过两次时空，而且都是由过去时空的妖怪作为媒介，一次是千面歌姬，一次是猫妖君澈。照这样的话，如果天星耀养的动物是陪他一起长大的，那就用它们作为穿越时空的媒介，《天星妖怪录》的魔力就可以带他回到天星耀的小时候了。

人的灵魂是由意识和记忆组成的精神世界，那么说不定天星耀的灵魂会在他小时候的时空出现。

想到这里，林亦天心里涌起一股动力，立即从包里拿出《天星妖怪录》，放在石台上打开。

他一手抚摸着书页，一手伸向树上那些白鸽，他知道天星耀有跟动物沟通并且操纵动物的本事，却不知道动物能不能听懂自己的话，但还是真心实意地看着一只鸽子，轻声道："白鸽，带我回到你主人过去的记忆好不好？"

也许是心诚则灵，那只白鸽真的飞到林亦天的手上，林亦天心中一喜，闭上眼努力驱动自己身上的灵力，把白鸽和《天星妖怪录》建立联系。

带着魔力的光芒从他指尖散发，《天星妖怪录》上金色的星星徽章也被那光芒点亮，书页自动翻动起来，画着各种妖怪的书页间也发出越来越强烈的光芒。

林亦天整个人都被光芒包围，他感觉到一阵眩晕，似乎被吸进一个光口，再睁开眼的时候，他真的看到了不一样的景象。

他身处的位置，应该是在天星山庄的藏书楼，林亦天看到无数高大的书架，上面罗列着文学、历史、政治、法术、阴阳术、奇门遁甲秘术等各类书籍。

一个六七岁的小男孩儿正站在书架后的一个木梯子上，稚嫩的小手在书架上层翻找书本，他棕发黑眼，漂亮的小脸上带着好奇又惬意的笑容，似乎是在书上看到了什么有趣的内容。

林亦天感觉到，这个小孩儿就是小时候的天星耀，但又感觉很不一样。

突然，一把飞刀从藏书楼的窗外飞进来，林亦天大叫一句"小心"，又突然想到这个时空的人听不见也看不见他，他所看所听到的只是已经过去的记忆幻境，所以他只能眼睁睁地看着那把带有魔力的飞刀直砍在书架后的木梯子腿上。

木梯子腿一折断，梯子立刻向前一倒，梯子上的小男孩儿立刻随之扑倒在书架上，压倒了一大片书籍，人也摔在书堆中。

小男孩儿摸着被撞疼的头，痛得眼泪都出来了，藏书楼外却传来一阵哄笑声，然后外面的一大串脚步声逐渐消失。

手肘和手掌都被摔破流血了，小脸上也擦破了皮，小男孩儿咬牙擦掉眼角的泪水，忍着酸疼爬起来把书架扶好，把掉在地上的书一本本放回去，然后走出了藏书楼。

林亦天根据自身的灵力和《天星妖怪录》感应得知，这是十年前的时空。

林亦天无声地跟着这个小男孩儿来到了药馆偷偷找药擦，不料还是被在药馆当医师的母亲发现。看到儿子又受伤了，容貌美丽端庄的妇女皱起眉问道："耀，那群家伙又欺负你了吗？"

小男孩儿勉强笑了笑，答道："是我自己不小心摔倒了，只是小事而已。"

妇女的眉头皱得更紧，伸手抚摸儿子的头，眼眶发红。

"你才四岁的时候，你父亲为了抓妖而牺牲了，从那以后，族里那些不怀好意的家伙就变着法欺负你……都怪母亲不好，我的法力不够强，这辈子只有治愈术练得好，只能在这里当一个小医师……"

小男孩儿摸了摸母亲的脸，稚嫩的黑眼睛露出坚定的眼神："母亲，你别难过，我真的没事。父亲在我心里永远是最伟大的阴阳师，现在父亲不在了，我一定会保护你的。"

"傻孩子，你还小，应该是母亲保护你。"

"母亲，我今年已经七岁了，可以参加阴阳师大赛了，如果夺冠了，我就有机会竞选少主了。母亲，你要等我长大啊。"

妇女伸手抱着小男孩儿，泪水落在他的头发里，欣慰地说道："我的好孩子，母亲相信你，你一定会是我的骄傲。"

林亦天站在不远处，静静地看着这一幕幕记忆幻境重现。

他印象中的天星耀，总是露出一张从容淡定的冰山脸，是一个高法力、高智商、高综合素质的天之骄子，没想到他的童年居然会是这样。

✎✐ 二、时间静止

林亦天跟随《天星妖怪录》的力量暂时穿越时空的时候，现世的时间也会发生变化，为了尽快找到天星耀的灵魂，林亦天用自己的灵力去翻阅眼前的记忆幻境，跟随那个小男孩儿跳转时间场景。

他根据自身灵力和《天星妖怪录》感应得知了一些信息，天星家族的阴阳师大赛是一项为选拔少主而举办的特殊比赛，每年立秋都会举办一次，只有嫡出的天星传人才可以参加，并要求是年满七岁到十六岁的孩子。这些参加比赛的孩子在十六岁时谁在大赛中夺冠次数最多，谁必然就是全族最优秀最强大的阴阳师，也才具有担当少主的资格。

现任族长天星决在历年的阴阳师大赛中夺冠六次，天星耀的父亲天星辰仅次于天星决夺冠了五次，但当年他与天星耀的母亲天星秀郎才女貌鹣鲽情深，早已羡煞旁人，对族长之位并不在意，只是没想到他会因为抓妖而英年早逝，抛下了妻儿。

而那对曾经被羡慕的母子，转眼间成为族里最好欺负的弱势群体。

天星耀要成为族里的强者，最好的出路就是参加阴阳师大赛，争取脱颖而出。

每天去练功场练功的人太多，尤其是那群排挤他的小孩儿经常去，天星耀便独自一人来到幽静的后山，神庙附近有一片不小的空地可以让他练功。不去藏书楼看书的时候，他每天都提着剑在后山练功，一群白鸽经常陪在他身边，他经常带吃的给它们，和它们说话。有时候练功太累了，他就在神庙外面睡着了。

终于到立秋，天星家族举办了一年一度的阴阳师大赛，天星耀勇猛夺冠，事后他跑到后山，虔诚地跪在神庙里，激动的小脸上带着汗水和泪水，他双手合十，眼睛发亮，说道："我终于可以保护母亲了……父亲，你放心吧。"

记忆幻境跳转着时间场景，林亦天看到了十一岁的天星耀，此时的他已经是初露锋芒的小少年，在阴阳师大赛中连续五年夺冠，族里再也没有人敢小看他，也没有人能轻易欺负他。

只是，他越来越孤独，族里很少有孩子跟他做朋友，不过幸好他的法术越来越好，他学会了和动物沟通，养了很多动物，最喜欢跟着他的就是那些白鸽。

这么些年，除了必须参加的课程和家族活动，他依旧经常去藏书楼看书，去后山神庙附近练功，有空闲的时候就去药馆帮母亲炼药。

这样的日子一直持续到第二年夏天，一天上午，天星耀正坐在藏书楼的角落里看书，忽然来了几个少年，坐在离他不远的座位，其中一个衣着华贵的黄发少年拿着一台平板电脑，正在对周围的小伙伴大声炫耀："我父亲在外面又升官了，好多人对他毕恭毕敬的，父亲带我出去的时候大家都夸我，我要什么都满足我，人界的花花世界可比天星山庄好玩多了，不像有些人，就知道读书练功，真是无聊死了。"

说着，他还不屑地瞟了不远处的天星耀一眼。天星耀没有理他，自顾自地看自己的书，那是一本《动物语言法术》。

林亦天看着那高官公子模样的黄发少年，忽然觉得有点儿眼熟，想了一会儿，才认出那家伙居然是天星牧！那个据说是少主的崇拜者、为家族义愤填膺仇视他的阴阳师，林亦天早看出他法力不高、连三流阴阳师水平都达不到，却没想到他是这个德行！

"阿牧，你不看书的话，其实不用来藏书楼的，你不知道在这里大声说话会影响到别人吗？"出声的是一个刚走过来的女孩儿，她手里抱着一本《飞行法术》，身边还跟着一个手里抱着一本《天星剑术》的男孩儿。

林亦天一下子认出，那女孩儿是天星岚，那男孩儿是天星雨。

"阿岚，我这不是为了你吗？还有一个月族里又要举行阴阳师大赛了，我知道你今天一定会来这里的。"

天星牧笑着站起身，眼神谄媚地走向女孩儿。

天星岚退后一步，跟他保持了一定距离，说道："你要是真的还记得阴阳师大赛，就更应该好好努力用功吧？”

天星牧讨了个没趣，迁怒地看向不远处的天星耀，对天星岚说道："你那么用功又怎么样，有那个怪家伙在，你和天星雨总是不能夺冠。"

"那我也乐意。"天星雨微微一笑，走到天星耀看书的桌子前，"耀哥哥，我知道你剑术学得很好，不介意教教我吧？"

天星耀抬起头看了他一眼，对他点点头，天星雨就拿着书坐在他旁边，打开那本《天星剑术》，问道："耀哥哥，这个地方的心法和招式我不太懂……"

天星牧见天星雨和天星耀在那里交流学习起来，天星岚也转头去找其他书看了，刚刚围在他身边的几个小伙伴，听到天星岚的那些话也自觉有愧各自散去了。天星牧一个人站在那里，眼中直冒火。

林亦天跟着记忆幻境跳转着时间场景，看到这一年立秋的三天前，天星耀来到幽静的后山，发现有几只白鸽躺在地上奄奄一息，仿佛已经不会动了。

天星耀惊讶惶惑，蹲下身捧起小小的白鸽，眼眶发红，没过一会儿，他整个人都发起抖来，人也晕倒过去。他太过伤心，没发现那鸽子的翅膀上有剧毒。

第二天清晨，他的母亲天星秀才找到一晚没回去的他，听到昏迷的他喃喃叫着白鸽，嘴唇却已经发黑了。

天星秀看着儿子心疼得直掉泪，她戴上防毒手套，把他扶起来，运用治愈术给他疗毒。

但是男孩儿中毒的时间已经很长了，治愈术一时间也不能全部解毒，天星秀运功了一个多小时，额头上满是细汗，男孩儿的脸色虽改善一些，但还是没有清醒过来。

"耀，再过一天就是阴阳师大赛了。你已经和你父亲一样夺冠五次了，再坚持下去，你一定可以当少主的！"天星秀用衣袖抹了一把额头的汗，让昏迷的儿子靠着自己的身体，然后脱下了自己手上的防毒手套，她目光温柔慈爱地看着儿子昏迷的小脸，"母亲当年没有救回你父亲，这次一定要救回你！"

林亦天正揪心地看着这一幕，忽然发现整个记忆幻境静止了，时间停在了这一刻，停在了天星秀抱着昏迷的天星耀的这一幕画面。

林亦天感到十分奇怪，这并不是他或者《天星妖怪录》驱使的，并且他再用灵力驱动法术时，这个静止的时间画面也并没有改变，他脑中忽然电光一闪，难道是……

林亦天转头四处寻找，当一个样貌熟悉的透明灵体出现的时候，他整个人一震，一股难以名状的情绪从心里爆发，脱口喊道："天星耀！"

那冥灵少年直视着那一幕静止的画面、那温柔慈爱的母亲，仿佛什么都没有听到。

林亦天走到冥灵少年身边，伸手只触到一片虚无，他焦急地喊道："天星耀，你跟我回去吧，我会帮你复生的！"

"你回去吧，我只想留在这里。"冥灵少年淡淡说着，伸手在空中画出一个符号，整个记忆幻境遭到破坏。刺目的光线笼罩着林亦天，他只能闭上眼，不甘心地叫着天星耀的名字。

再睁开眼时，冥灵少年连同之前的景象全都消失不见，林亦天又回到紫极殿的院子里。

因为这一次穿越时间较长、耗费的灵力太多，林亦天猛地回到现世，整个人都头昏目眩虚弱无力，瘫在石台上坐了好一会儿，才有力气把石台上的《天星妖怪录》收好。

天星耀他居然不愿意重生？！

林亦天清醒后认识到这个事实，简直不可置信。而想起之前玉轩说过，天星耀交代他把他的真身带回海里，显然是他并不愿意回到天星山庄。

林亦天回到屋内，在客厅找到一些点心和水，边补充体力边思考。外人眼中伟大荣耀的阴阳师世家，族里明争暗斗的势力争斗其实也十分可怕，天星耀从小经历太多，才会变成他所认识的样子……

而天星耀执意要停留的那个静止的时间画面，一定是发生了很重要的事情，他一定要去弄清楚。

天星耀救了他那么多次，他绝不能轻易放弃他。

❧ 三、归来

气聚则生，气散则亡。

装着天星耀真身的魔瓶，被送去了药馆，天星家族治愈术最强的所有医师都齐聚在一起，为天星耀的真身注入元气能量，修复他衰竭的元气血脉。

林亦天在紫极殿睡了一晚，早上打起精神就往药馆去。

此时药馆大门紧闭，很多天星族人都等在药馆大门口，一见林亦天出现，纷纷紧盯着他，问他有没有找到少主的灵魂。

林亦天皱眉说道："不是才过了两天嘛，我现在是来看看天星耀真身怎么样了，顺便想找人问点儿事情。"

"什么才过两天？今天已经是第七天了！"天星牧从众位天星族人中走出来，挑衅地看着林亦天，"你和阿岚约好七天给对方一个交代，现在你的交代呢？"

今天是第七天？

林亦天一惊，拿出小猫手表一看时间，居然还真的如此！可能是他在穿越天星耀的记忆幻境时，不知不觉用的时间太多，他自己在现世的时间也发生了改变，难怪他觉得又累又饿！

天星牧看着他的表情，不屑地冷笑道："我早看出你这小子根本不靠谱，居然敢跑到天星山庄撒野，还敢口出狂言说能找到少主的灵魂，你是活得不耐烦了吗？要是识相的话，你还是趁早滚吧！"

林亦天以鄙视的目光回敬："不靠谱的第一号，你说这种话让别人情何以堪？我是你们少主的朋友，你是谁啊凭什么赶我走？我看你就是怕我让天星耀复生吧？天星家族居然有你这种低素质的阴阳师，真是可悲！"

天星牧大怒道："林亦天，惹火我你会后悔的！就算是天星耀，到了人界还不是要靠我父亲帮忙！"

天星岚从人群中走出来，冷淡地说道："那你一辈子靠你父亲，又有什么本事？"

天星牧脸色一变，凑到少女身边，低声道："阿岚，你怎么能这么说呢，我做的一切都是为了你啊，现在天星耀和天星雨都不在了，你就是我们族里最优秀的阴阳师了……"

天星岚站远了一些，说道："有些人的地位，并不是因为权势。和你说了你也不会懂,你不用再说什么为了我,还是多操心你自己的事吧。"

林亦天看到天星牧吃瘪的脸色不由得好笑，天星牧看到他嘲笑的样子怒火中烧，冲过来几乎想动手。

"都是因为你这个扫帚星！"

"我不是下了命令，闲杂人等都不许进药馆，谁在这里吵得这么大声？！"药馆的大门突然打开，随着天星决的声音，所有人都噤了声。天星决和两位长老走出来，看向林亦天，"耀的真身已经修复成功了，你呢，找到他的魂魄了吗？"

对着这位天星族长，林亦天还是本着尊敬信任的态度,如实说道:"我找到他了，可是他不肯跟我回来，我正在想办法……五年前，是不是发生了一件对他很重要的事情？"

"五年前……"天星决眼神一震，略显苍老的肩膀抖了抖，回忆道，"五年前，耀不慎中了剧毒，又快要举行阴阳师大赛了，他的母亲阿秀为了能让他尽快解毒，不光用尽她的功力，还用她的血给他换血，当天耀醒过来就康复了，但他的母亲却……那之后，耀还是夺得了阴阳师大赛的冠军，但却比以前更沉默孤僻了，他从七岁到十六岁连着十年夺冠，天星少主的位置非他莫属，他是我这辈子见过的最优秀的阴阳师，我真是舍不得这孩子……"

原来，天星秀怀抱着昏迷的天星耀之后，天星秀就为了救儿子而死了。

那一刻，一定是天星耀这一生最幸福也最痛苦的时候！

林亦天心里发酸，深吸了一口气，叹道："他一定是很伤心，他的母亲没能等他长大吧……"

冬日的冷风吹过药馆门口，四周一片沉寂。

林亦天抬起略带血丝却依然黑亮有神的眼睛，说道："我不能让他这样一个人永远留在那里伤心。"

"那就去把他带回来吧。"随着这个熟悉的声音，一个白色身影从天而降，药馆门口的天星族人们都是一惊，狐仙白世居然出现了！

"不用那么惊讶，本狐仙也来过天星山庄几次，破解你们的结界没那么难。"一蓝一红的双眼扫过众位天星族人，然后看向面露惊讶略显憔悴的少年，"林亦天，我来了，我把一切都想起来了，我要跟你一起去把天星耀找回来！"

林亦天愣愣地看着眼前这个银发白袍的狐仙，他的外貌还是和当初风华绝代的白世一样，但他说话强势的语气，看自己不羁的眼神，都那么熟悉，他明显是恢复记忆的白夜光！

其实他一直很疑惑，当年白世抛弃了自己灵魂的一部分，那些所谓阻碍他成仙的弱点，说不定其实就是他最真实的品质，而现在偏偏是这样一个灵魂成为狐仙！

林亦天内心悲喜交加，激动地骂道："你这浑蛋还有脸来见我，你把绿光宝石从我体内强行取走了，害我法力作废功亏一篑，浑蛋浑蛋大浑蛋！"

白夜光双手环胸，不甘示弱地回骂："你这白痴，那都是因为你自作主张消除了我的记忆，你有问过我愿不愿意吗？要不是老子法力高强，耗费修为恢复了记忆，还要一直被你蒙在鼓里！"

众天星族人看着他们你来我往地对骂，十分疑惑。

有《天星妖怪录》和千年狐仙的高强法力相助，林亦天和白夜光很快又来到那个记忆幻境——被天星耀的执念静止的时间画面。

冥灵少年还站在那里，直视着那个怀抱着儿子的母亲，她的温柔慈爱，她的美丽端庄，都永远地停在了那一刻。

"天星耀，回家吧。"林亦天对他轻声说。

冥灵少年轻颤了一下，说道："我的家就在这里，你们走吧。"

林亦天焦急道："你醒醒吧，你的族人都在等你回去，我还欠你一条命，你叫我怎么还你？你不要再执念了，你不能一直停留在这个时空！"

"为什么不能一直在这里？我当天星少主，只是为了母亲，只是没想到受封大典那天《天星妖怪录》会失窃，我因为职责所在寻找《天星妖怪录》才会认识你，后来救你我是心甘情愿，我希望你能代替我好好活着，自由地活着，你不用有任何负担。因为我要做的事其实早就完成了，我答应母亲要做到的我都做到了，只是她再也看不到我长大，我也不能保护她了……我早就很累了，我不想再为别人活着了，就让我一直活在这里吧。"

"天星耀，你这个懦夫乌龟王八蛋！你不配当你母亲的骄傲！你也不配当天星少主！"

白夜光此言一出，不光是天星耀一震，林亦天也是一愣，这毒舌的家伙，把他一起带来根本是个错误吧？

"有机会活着你却一定要死，死的确比活着容易，如果你身为天星少主也不过如此，那我看你们那什么家族趁早灭亡了也罢，把希望寄托在像你这样的人身上根本是浪费生命！老子被那么多人厌恶过掌控过抛弃过，现在不正好好活着！难道你母亲当年舍命救你只是为了让你这样轻易地放弃自己吗？她希望你成为天星少主也不过想你代替她活得更好！”白夜光语气毫不留情，说着还拍了一下林亦天，“如果这白痴和你一样，你辛苦救了他他却自杀了，你是不是感觉很不值？是不是觉得很瞧不起他？”

这激烈的言辞让林亦天傻眼了，而冥灵少年的视线终于离开了那静止的时间画面。

他透明的灵体震颤着，周围一片光影变化，空中响着天星秀温柔而坚定的声音：“母亲当年没有救回你父亲，这次一定要救回你！耀，你要代替我们好好活下去！”

越来越炫目的光线笼罩在周围，记忆幻境烟消云散之后，林亦天和白夜光带着冥灵少年进入了药馆。

充盈药香的内室，双眸紧闭的棕发少年正躺在床上。

样貌相同的透明灵体站在床前，银发白衣的狐仙开始施法，他指尖的魔力形成互动的光流……

“天星耀，还魂术耗费了我仅剩的修为，现在老子又要重新练功了！”

“白夜光，你少毒舌一点儿会死啊！你废了我的修为我还没跟你算账呢！”

“臭小鬼，大不了我帮你把绿光宝石再抢回来，但你要拿《天星妖怪录》跟我交换！”

“哼，你别忘记《天星妖怪录》已经对我认主了，只有我能操纵《天星妖怪录》！”

“小天，《天星妖怪录》应该是属于我们天星山庄的吧？”

“呃……这个嘛……我好像应该回家了。”

晨雾之中的天星山庄，旭日冉冉升起，带来冬去春来的温暖。

春夏秋冬，四季总在轮回。也许你永远不知道下一秒会发生什么，但无论一时失去，或者一时得到，其实都是一种轮回。

他们三个少年都获得过，也都失去过，再重新站到一起，好像又重新找到自己，却又变得有所不同……

相视一眼，心生暖意。

无论困苦与荣光，我知道你一直都与我同在。

【第一部完】